LOCUS

LOCUS

LOCUS

LOCUS

RECREATION

R 06

我親愛的甜橙樹

Meu Pé de Laranja Lima

作者：約瑟・德維斯康塞羅（José Mauro de Vasconcelos）

譯者：葛窈君

責任編輯：楊郁慧　美術編輯：何萍萍

法律顧問：全理法律事務所董安丹律師

出版者：大塊文化出版股份有限公司

台北市105南京東路四段25號11樓

www.locuspublishing.com

讀者服務專線：0800-006689

TEL：(02) 87123898　FAX：(02) 87123897

郵撥帳號：18955675　戶名：大塊文化出版股份有限公司

總經銷：大和書報圖書股份有限公司　地址：新北市新莊區五工五路2號

TEL：(02) 89902588　FAX：(02) 22901658

排版：帛格電腦排版印刷股份有限公司　製版：瑞豐實業股份有限公司

初版一刷：2005年 1月

初版三刷：2016年 7月

定價：新台幣 250元

Printed in Taiwan

我親愛的甜橙樹

Meu Pé de Laranja Lima

約瑟・德維斯康塞羅（José Mauro de Vasconcelos）著
葛窈君 譯

CONTENTS

目錄

第一部》有時聖誕節出生的是小惡魔

第二部》當聖嬰滿懷悲傷降臨

謹以本書獻給生者：Ciccillo Matarazzo、Mercedes Cruanẽs Rinaldi、Erich Germeinder、Francisco Marins，以及Arnaldo Magalhães de Giacomo，還有Helena Rudge Miller (Piu-piu!)。更不能忘記的是我「兒子」Fernando Seplinsky。

謹以本書緬懷死者：弟弟路易——我的路易國王 (Luís, King Luís)及姊姊葛蘿莉亞 (Glória)。路易與世長辭時年僅二十，葛蘿莉亞二十四歲時亦不再眷戀人間。同樣痛殤的是麥紐．瓦拉達赫 (Manuel Valadares)；和他共度的六年時光，讓我領會了溫柔的意義。

然後是Dorival Lourenço da Silva（Dodo，對你的悲傷和思念永不停止！）

——願他們都能安息。

§第一部§

有時聖誕節出生的是小惡魔

1 小孩子是不是都退休了？

我們手牽手走在街上，並不匆忙。托托卡在教我人生的道理。我很高興，因為哥哥牽著我的手，教我東西。但是在家裡他不教我，因為在家裡我自己學——自己發現事情、自己動手做。我有時會犯錯，犯錯的結果就是被打屁股——直到很近的最近以前，都沒有人打過我；但是後來他們開始逮到我犯的錯誤，然後一直罵我是小狗、是魔鬼、是髒兮兮的膽小貓。我不要去想這些。

要不是因為在街上，我就要唱起歌來了。唱歌讓我很開心。托托卡除了唱歌，還有另外一項本領：他會吹口哨。雖然我很努力學，卻吹不出來。他安慰我說，事情就是這樣——我還沒有會吹口哨的嘴。既然不能大聲唱出聲，我就在心裡面唱。

聽起來也許有點奇怪，但是真的很好玩喔。

我記得媽媽唱的一首歌，那是在我很小的時候。她蹲在洗衣盆邊，頭上綁著頭巾，腰上繫著圍裙，拿硬硬的肥皂在水中搓洗衣服，把手浸泡在裡面好幾個鐘頭。然後她把衣服擰乾，晾在曬衣繩上，再把繩子綁在竹竿上。所有衣服都這樣做。她幫福哈博醫生家洗衣服貼補家用。媽媽又高又瘦，長得很漂亮。她的皮膚是棕色的，頭髮又黑又直，放下來的時候長到腰際。她唱歌，我在旁邊跟著學，感覺真好。

水手，水手
悲傷的水手
為了你，
我願意明天就死去……
海浪滔滔
白沙窣窣

水手遠颺
我心隨之
水手之愛
半日之愛
船將起錨
遠颺我的愛
海浪滔滔……

一直到現在，那段曲調還是讓我滿懷說不出的悲傷。托托卡扯了我一下，我回過神來。

「你怎麼啦，澤澤？」

「沒事，我在唱歌。」

「唱歌？」

「對啊。」

「那我一定是耳朵有問題了。」

我不說話。難道他不知道可以在心裡面唱歌嗎？

我們來到了里約—聖保羅公路上，上面開著各式各樣的車子：卡車、轎車、貨車、腳踏車。

「聽好，澤澤，這很重要。首先我們要仔細看：先看這一邊，再看那一邊——就是現在，跑！」我們跑過馬路。

「你害怕嗎？」

我很怕，但是我搖了搖頭。

「我們再練習一次。然後我要看你是不是學會了。」我們走回對面。

「現在你自己過。別害怕，因為你是小大人囉。」

我的心跳加速。

「好，衝！」

我衝到幾乎喘不過氣來。我停了一下，等托托卡打手勢我才走回去。

「以第一次來說，你做得很好囉。但是你忘了一件事：你要先看看左右兩邊有沒有車子，我不會永遠在這兒打手勢給你看。回家的路上我們再練習一下。現在走吧，我要帶你去看一樣東西。」他牽起我的手，我們慢慢走著。我想著要說的話。

「托托卡。」

「什麼事？」

「你知道什麼是懂事的年紀嗎？」

「你在講什麼鬼話？」

「艾德孟多伯伯說的。他說我很『早熟』，很快就會長到懂事的年紀。我搞不清楚那是怎麼回事。」

「艾德孟多伯伯真蠢，老是往你腦袋裡面亂塞東西。」

「他才不蠢，他很聰明。我長大也要變聰明。我要當詩人，還要打領結，以後我要拍一張戴著領結的照片。」

「為什麼要戴領結？」

「因為沒有詩人不打領結的。艾德孟多伯伯給我看雜誌上的詩人照片，他們全都打了領結。」

「澤澤，不要他說什麼你都信。艾德孟多伯伯有點瘋瘋癲癲的，他有時候會亂講話。」

「那他就是狗娘養的囉？」

「你看，你就是因為愛說髒話才會被賞耳聒子。艾德孟多伯伯不是你說的那樣啦，我只是說他有點瘋瘋癲癲的。」

「你說他會亂講話。」

「這件事和那件事又沒有關係。」

「有關係。前幾天爸爸在跟賽凡維諾先生說話，就是和他玩紙牌的那個人。講到拉邦先生，爸爸說：『那個狗娘養的什麼事都亂講話。』也沒有人打他嘴巴。」

「大人說就沒有關係。」

對話暫停。

「艾德孟多伯伯不是……什麼是『癲』啊，托托卡？」

他指指太陽穴。

「他才不是那樣呢。他人很好，教我很多東西。到今天為止，他只打過我的屁股一次，而且沒有很用力。」

「他打你屁股？什麼時候？」托托卡跳了起來。

「那一次我很壞。葛蘿莉亞叫我去姥姥家，艾德孟多伯伯想看報紙，但是找不到他的眼鏡，他發瘋似地拼命找。他問姥姥，但是姥姥也不知道在哪裡，他們兩個都快把房子給翻了過來。然後我就說，我知道眼鏡在哪兒，如果他給我錢買彈珠，我就告訴他。他從背心口袋摸出一個多索[注]說：『把眼鏡拿來，這個就給你。』我

注釋：tostão是巴西在一九四二年之前通行的貨幣，一個多索等於一百個里斯（reis）。

打開洗衣籃把眼鏡拿出來，然後他就罵我：『就是你幹的，你這個小混蛋。』他打了我的屁股，那個多索也沒給我。」

托托卡笑了起來。

「你去那邊是為了怕在家裡挨打，結果還是挨打了。我們走快點吧，否則永遠也到不了。」

「托托卡，小孩子是不是都退休了？」我一直想著艾德孟多伯伯。

「什麼？」

「艾德孟多伯伯說他退休了，所以他不用工作，市政府就每個月給他錢。」

「所以呢？」

「小孩子也不用工作。他們吃飯、睡覺，然後從爸爸媽媽那邊拿錢。」

「這跟退休不一樣，澤澤。退休是一個人工作了很長一段時間以後，長出白頭髮了，走路像艾德孟多伯伯一樣慢吞吞的。我們不要再想這些複雜的事情了。」

「如果你喜歡跟他學東西也沒關係，但是別把我扯進去。你就不能和其他男生一樣嗎?就算你愛說髒話，也不要再往腦子裡猛塞這些亂七八糟的東西，不然我就不帶你出去了。」

聽了托托卡的話我有點鬱悶，不想再說話，也不想再唱歌了，在我腦袋裡面唱歌的那隻小鳥已經飛走了。

我們停了下來，托托卡指著一棟房子。

「就在那兒。你喜歡嗎?」

那是一棟很普通的房子，白牆藍框，門窗緊閉，安安靜靜地站在那兒。

「我喜歡。但是我們為什麼要搬到這兒來?」

「搬家很好啊。」

我們從圍籬的縫隙往裡看，房子的一邊有一棵芒果樹，另一邊有一株羅望子。

「你啊，什麼都想知道，卻沒注意家裡發生了什麼事。爸爸失業了，對吧。從他和史考費德先生吵架被趕出工廠之後，已經過了六個多月了。你沒發現拉拉開始去工廠上班了嗎？你不知道媽媽要去城裡的紡織廠工作嗎？聽好了，你這個蠢蛋，這一切都是為了存錢付這間新房子的房租。爸爸已經欠了前一間房子八個月的租金。你還太小，不知道這些令人難過的事。我很快就得去馬斯餐廳當服務生，好貼補家用。」

他靜了下來。

「托托卡，他們會不會把黑豹和那兩隻獅子帶過來啊？」

「當然會。我就是那個負責拆除雞舍的苦力。

「我會負責拆掉動物園，在這邊重新蓋一個。」他看著我，眼裡帶著溫暖與同情。我鬆了口氣。幸好有托托卡，要不然我就得發明個新遊戲陪小弟路易玩了。

「好啦，你知道我和你是同一國的，澤澤。現在你可以告訴我，你是怎麼做到『那個』了吧？」

「我發誓，托托卡，我不知道。我真的不知道。」

「你說謊！你一定是和某個人學的。」

「我什麼都沒學，沒有人教我認字。不然就是魔鬼吧，賈蒂拉說魔鬼是我的教父，在我睡著的時候教我的。」

托托卡被搞糊塗了。起初他搥我的頭逼我說，但是我不知道有什麼好說的。

「沒有人可以自己學會那些東西的啦。」

但是他也無話可說，因為真的沒有人看到任何人教我任何東西。這是個謎。

我想起上個禮拜發生的那件事，搞得全家人都一頭霧水。這件事要從姥姥家開始講起；當時我坐在艾德孟多伯伯附近，他在看報紙。

「伯伯。」

「怎麼啦，乖寶寶？」他把眼鏡拉到鼻端，所有上了年紀的大人都這樣。

「你什麼時候學會看書的？」

「大概是在我六歲還是七歲的時候吧。」

「有人五歲就學看書的嗎？」

「可以啊。但是沒有人會教這麼小的小朋友的。」

「那你是怎麼學會看書的？」

「跟大家一樣，上閱讀課啊。從A、B、C開始學囉。」

「每個人都一定要這樣學嗎？」

「我知道的都是這樣。」

「但是每一個人真的都是這樣嗎？」

他困惑地看著我。

「對，澤澤，每個人都必須這樣學。現在讓我好好看完報紙。你可以去後院找找有沒有番石榴。」

他把眼鏡推回去，想要專心看報。但是我不肯離開。

「真是的！」

我的哀號奏效了，使得他又把眼鏡拉到鼻端。

「當你有求於人的時候不可以這樣……」

「我拼命地從家裡走過來，只為了告訴你一件事。」

「那就說來聽啊。」

「首先我必須知道你什麼時候會拿到退休金的支票。」

「後天。」他淺淺地笑著，打量著我。

「後天是哪一天？」

「星期五。」

「那星期五的時候，你可不可以從城裡帶『月光』給我？」

「慢點兒，澤澤。什麼是『月光』？」

「那是我在電影裡看到的小白馬，是一匹受過訓練的馬。牠的主人是大明星佛萊德・湯普遜（Fred Thompson）。」

「你要我開車載匹小馬回來給你？」

「不是啦，伯伯。我想要一個木頭做的小馬頭——就是那種前面有馬轡、後面有尾巴，可以騎著到處跑的。我要先練習騎馬，因為以後我要演電影。」

「我懂了。所以如果我帶小馬回來的話，我有什麼好處？」他笑個不停。

「我會幫你做一件事。」

「親親嗎？」

「我不太喜歡親親。」

「抱抱嗎？」

我看著艾德孟多伯伯，覺得很悲哀。腦袋裡面的小鳥對我說了些話，然後我想起了一些聽過很多遍的事——艾德孟多伯伯和妻子分居，有五個小孩。他一個人住，走路很慢、很慢……誰知道呢，說不定他走路走得慢，是因為想念他的小孩？這五個孩子沒有來看過他。

我繞過桌子走過去，用力抱緊他的脖子。我感覺到他的白髮正輕柔地摩蹭我的額頭。

「抱你不是為了小馬喔，我要為你做別的事。我要念報紙給你聽。」

「你會認字嗎，澤澤？怎麼學會的？誰教你的？」

「沒有人。」

「胡說八道。」

「星期五把小馬帶來，就知道我會不會念了。」我走向門口。到了晚上，賈蒂拉點亮了燈籠——因為我們付不起電費，所以電力公司老早就把電源切斷了。我踮起腳尖看門背後的「星星」——那是一顆畫在紙上的星星，下面有一句祈禱文，保佑我們全家平安。

「賈蒂拉，把我抱起來，我要讀那句話。」

「別胡扯了，澤澤。我很忙的。」

「把我抱起來，你就知道我會不會念了。」

「聽好了，澤澤，要是你整我的話，就有你好看的了，」她把我抱起來，抱到門的正後方。

「現在念吧，我等著聽呢。」

然後我真的念了。我念出那句祈禱文：**祈願上帝保佑全家免受邪惡魂靈侵擾**。

賈蒂拉把我放下來，嘴巴張得開開的。

「澤澤，你用背的！你在耍我。」

「我發誓，賈蒂拉。我什麼都會念喔。」

「沒有人天生就會認字的。是艾德孟多伯伯還是姥姥教你的？」

「沒有人。」

她從報上選了一段新聞，我念了出來。我念的完全正確。她大聲叫葛蘿莉亞過來。葛蘿莉亞也跟著緊張，喊鄰居阿萊德過來。十分鐘之內就來了好幾個鄰居，要看我的表演。

這就是托托卡想要知道的事。

「一定是艾德孟多伯伯教你的，如果你學會了，他就答應給你小馬。」

「不是，他沒教我。」

「我要去問他。」

「你去問啊。我自己也不知道是怎麼回事，托托卡。如果我知道的話，早就告訴你了。」

「那我們走吧。你等著好了，看你下次怎麼苦苦求我……」

他生氣地抓起我的手，把我拉回家。然後他想到了一個報復的方法。

「很好，你這個蠢蛋學得很快嘛。嘿，二月你就得上學了。」

那是大姊賈蒂拉的主意。這樣一來，家裡可以清靜一整個早上，我也可以趁這個機會學點規矩。

「我們再回去里約—聖保羅公路練習。別妄想開學以後，每次過馬路都有我照顧你。你很聰明嘛，所以學這個一定也很快。」

「小馬在這兒。現在讓我驗收一下吧。」

艾德孟多伯伯翻開報紙，指著一句藥品廣告詞要我念。

「本產品在各大藥房及專賣店均有出售。」

艾德孟多伯伯去把院子裡的姥姥叫進來。

「媽，他甚至連『藥房』都念對了。」

他們兩個拿出各種東西給我念，我全都念出來了。姥姥咕噥著說這世界變了。

我得到了小馬，又抱了一次艾德孟多伯伯。他托著我的下巴，激動地說：「你這個小壞蛋將來一定會出人頭地。你的教名『約瑟』（José）可不是亂取的；你將來會成為太陽，星星都圍繞著你閃耀。」

我一直盯著他，不懂他在說什麼，心裡想著，他還真是有點瘋瘋癲癲。

「你不懂，那是約瑟在埃及的故事。等你長大點，我再告訴你。」

我喜歡故事，越難懂的故事我越喜歡。

我摸著我的小馬。過了一會兒，我抬起眼睛看著艾德孟多伯伯問：「你覺得，到了下個禮拜我會不會就夠大了？」

2 有一棵會說話的甜橙樹

在我們家，哥哥姊姊要幫忙照顧弟弟妹妹；賈蒂拉負責帶葛蘿莉亞和另一個送去北方扶養的姊姊，我則是給拉拉帶——直到不久之前才換成葛蘿莉亞。其實拉拉還蠻喜歡我的，只是後來她好像受不了我了——或許只是因為她在和男朋友談戀愛。她的男友是個時髦的傢伙，就像流行歌曲裡寫的一樣，一身喇叭褲和短夾克。星期天我們一起去外面「溜達」（這是她男友用的詞兒）的時候，他會在車站買糖果給我，這樣我回家就會閉緊嘴巴。我甚至不能問艾德孟多伯伯拉拉和她男朋友到底是怎麼回事，否則其他人就會發現……

我有一雙弟弟妹妹在很小的時候就死了，有關他們的事我都只是聽說而已。聽說他們看起來像兩個小皮納傑印地安人，膚色很深，頭髮又直又黑，所以女生取名叫雅若西，男生叫做裘倫帝。

後來我的小弟路易出生了，大部分時間是由葛蘿莉亞照顧他，然後才是我。其實他根本不需要人照顧，因為再沒有像他這麼漂亮、乖巧、安靜的小男生了。

聽到他用那可愛的聲音，正確無誤地表達他想要說的話，就算我已經打算踏上街坊，征服世界，又會忍不住回到他身邊。

「澤澤，帶我去動物園好不好？今天看起來不會下雨，對不對？」

好可愛啊。他的口齒多麼清晰伶俐！這個小男生長大一定不得了。

我看著晴朗的藍天，沒有勇氣說謊。有時候我不想去動物園，就會說：「別傻了，路易。看看那邊，暴風雨就要來了！」

這一次我牽起他的小手，一起去院子裡探險。

院子裡分成三個遊戲區；一塊是「動物園」，緊鄰朱林歐先生家牢固圍籬的那塊角落則是「歐洲」。為什麼是歐洲？連我腦袋裡的那隻小鳥也不知道答案。我們在那兒玩登上麵包山（Sugar-Loaf）注坐纜車的遊戲；我拿一盒鈕釦，把鈕釦全部用線串起來（艾德孟多伯伯說那是「串珠」，我覺得很奇怪，「豬」怎麼能串呢？後來他解釋這兩個字念起來一樣，但是寫法不一樣），然後把線的一端綁在圍籬上，另一端繫住路易的手指，再把所有鈕釦推到頂，一個一個滑下來。每一輛纜車裡面都坐了我們認識的人；有一輛非常黑的纜車，是黑人比利金歐的車。我們不時聽到庭院另一邊傳來鄰居太太的聲音：「你們不會是在拆我家籬笆吧，澤澤？」

「不是的，迪梅琳達夫人，您來看就知道了。」

「喔，這倒好，陪弟弟玩啊？真乖。像這樣就很好嘛！」

這樣也許比較好，但是當魔鬼教父召喚我的時候，我就一心只想胡鬧惡作劇……

「您會不會像去年一樣送我月曆當聖誕禮物呢？」

「我上次給你的那個呢？」

注釋：麵包山（Sugar Loaf）位在巴西里約熱內盧，可搭乘纜車登山欣賞美景。

「您可以到我們家來看，迪梅琳達夫人，就放在麵包袋上頭。」

她笑著答應了我。她丈夫在奇可佛朗哥文具店的倉庫工作。

第三個遊戲區是「路西安諾」。一開始，路易嚇得要命，抓著我的褲管求我帶他回去。但是路西安諾是我的朋友，牠一看到我就放聲大叫。葛蘿莉亞不喜歡牠，她說蝙蝠會吸血，吸小孩子的血。

「牠不會啦，葛蘿莉亞。路西安諾不是吸血蝙蝠，牠是我的朋友。牠認得我。」

「你啊，迷動物迷瘋了，還對那些東西說話……」

很難說服他們相信路西安諾不是動物；路西安諾是一架飛機，飛翔在阿豐壽草原（Campo dos Afonsos）上。

「注意看，路易。」

路西安諾快樂地在我們頭上盤旋，好像聽得懂我們說的話。他確實聽得懂。

「牠是一架飛機，牠要表演特……」

我得再去問問艾德孟多伯伯那個詞要怎麼說——我不記得到底是「特戲」、「特技」還是「特性」，反正是其中一個。我不應該教小弟錯的東西。

現在他想去逛動物園。

我們走到老舊的雞舍前。裡面有兩隻淺色羽毛的小母雞在啄著食物，還有隻黑色的老母雞，溫馴地讓我們摸她的頭。

「我們要先買票才能進去。把手給我，因為小朋友在人群中可能會走丟。你看，星期天人好多啊！」

他四下張望，注意到擁擠的人羣，於是更用力握緊我的手。

我在售票處前面挺挺胸膛，清清喉嚨，好顯示我是個重要人物。我把手插進口袋，對著窗口問：

「幾歲以下的小孩可以免費入場？」

「五歲。」

「那麼請給我一張全票。」

我撿了兩片橙樹的葉子當作門票，我們就進去了。

「首先呢，小朋友，來看看這些美麗的鳥。那些鸚鵡、小鸚哥、金剛鸚鵡，有好多顏色。那些最大的鳥，身上有各種顏色的羽毛，就是彩虹金剛鸚鵡。」

路易的眼睛睜得好大，看起來開心極了。

我們慢慢走、慢慢觀賞。我們看到好多動物，我甚至看到在這些動物的後面，葛蘿莉亞和拉拉正坐在凳子上剝橙子。拉拉用詭異的眼神看著我……難道她們已經知道那件事了嗎？如果她們知道了，逛完動物園後有人的屁股就要吃一頓竹筍炒肉絲了——沒錯，那個人就是我。

「澤澤，我們現在要去看什麼？」

我又清了清喉嚨，擺出導覽員的架勢。

「現在我們經過的是猴子籠。」（艾德孟多伯伯總是把牠們叫做「猿」。）

我們買了些香蕉丟給猴子吃。我們知道不可以這樣做，但是因為人實在太多了，警衛根本不可能注意到我們。

「不要靠得太近，否則他們會把香蕉皮丟到你身上喔，小東西。」

「我想去看獅子。」

「我們現在就去。」

我回頭看那兩隻正在吃橙子的「人猿」，在獅子籠那邊可以聽到她們的對話。

「到了。」

我指著那兩隻黃色的非洲母獅。然後路易說想摸那隻黑豹的頭。

「好勇敢啊，小東西。那隻黑豹是動物園裡面最可怕的動物喔。她被關在這兒，是因為她咬斷了十八個馴獸師的手臂，把他們吃下去。」

路易露出害怕的神情，驚慌地縮回手臂。

「她是從馬戲團來的嗎？」

「對。」

「從哪個馬戲團，澤澤？你以前從來沒跟我說過。」

我想了又想。我認識的人裡面，哪個名字最像馬戲團呢？有了！「她是從羅森堡馬戲團來的。」

「但是那不是麵包店嗎？」

他已經變得越來越聰明，越來越難哄了。

「那是另外一家啦。我們現在應該坐下來休息一下，吃個午餐。我們已經走很久了。」

我們坐下來假裝吃東西，但是我豎起耳朵聽那兩個人的對話。

「我們應該學學他，拉拉。你看他對小弟多有耐心。」

「是啊，但是小弟和他不一樣。他不只是偶爾耍耍頑皮而已，根本就是個十足的壞胚子。」

「他確實有當魔鬼的天分，但奇怪的是，不管他多麼調皮任性，沒有人真的會對他當街發飆。」

「他逃不掉這頓板子。有一天他會學到教訓的。」

我看著葛蘿莉亞的眼睛。她總是護著我，我也總是答應她下次絕不再犯。

「晚一點吧，現在不要。他們正安安靜靜地在玩呢……」

她什麼都知道了。她知道我從水溝鑽進賽麗娜夫人家後院。看到在風中擺盪的衣袖和褲管，我就被曬衣繩給迷住了。魔鬼教父對我說，如果讓這些衣袖褲管同時落地，一定很有趣；我同意他的話。我在水溝裡找到一片尖銳的玻璃，然後爬到甜橙樹上，耐心地割繩子。

全部東西跟著繩子一起掉下來的時候，我差點也跌到地上。人們聽到我的尖叫聲紛紛跑過來。

「大家快來啊，繩子斷了。」

另一個我不知道是誰的聲音，喊得更大聲。

「是保羅先生家的那個搗蛋鬼。我看到他拿了片玻璃在爬那棵甜橙樹。」

「澤澤？」

「怎麼啦，路易？」

「跟我說你怎麼會知道這麼多動物園的事。」

「我這輩子去過好多動物園。」

我說謊。我所知道的每一件事，都是艾德孟多伯伯告訴我的。他還答應以後要帶我去動物園。但是他走得實在太慢了，等我們走到那兒，動物園大概已經關門了。托托卡和爸爸去過一次。

「我最喜歡維拉伊莎貝的動物園，就是在德拉蒙德男爵街上的那間。知道德拉蒙德男爵是誰嗎？你當然不知道。你還小，不知道這些事。男爵一定和上帝很要好，因為他幫上帝創造了「動物樂」還有動物園注。等你長大一點……」

那兩個女生還在那兒。

「我長大一點怎樣？」

「喔，你真的問題很多耶。等時候到了，我會教你認所有的動物和牠們的代

譯注：動物樂（jôgo do bicho），流行於巴西的一種非法賭博遊戲，類似樂透彩；因其用二十五種動物代表數字1至25而得名。此遊戲的發明人德拉蒙德男爵（Baron Joao Vianna Drummond）為巴西貴族，於一八九二年資助設立動物園，意圖推動里約之現代化。

碼，從一數到二十。至於從二十一到二十五的動物，我知道有母牛、公牛、熊、鹿、老虎。我不確定牠們的正確順序，但是我會查出來，這樣才不會教錯了。」

他開始厭倦這個遊戲了。

「澤澤，唱〈小房子〉給我聽。」

我放開喉嚨唱起來：

我有一間小房子，在高高的山丘上；
旁邊有片小小的、美麗的綠色果園。
在遠處閃耀的是，銀色的海浪。

然後跳過幾句歌詞。

高高的棕櫚樹上，蟬兒高唱。
當夕陽逐漸沉入地平線，

花園噴水池邊傳來美妙音符，
是夜鶯歡唱。

我停了下來。她們還在那邊等我。我想到了，我可以一直唱到天黑，這樣她們就不得不放棄了。

但是她們沒這麼容易擺平。我唱了兩遍〈小房子〉，又唱〈難以捉摸你的情〉，甚至唱了〈羅曼娜〉——我只會唱其中的兩句——然後就沒戲唱了。我絕望到了極點，最好還是趕快結束吧。我走向她們。

「好吧，拉拉，妳打我吧。」

我轉過身，露出屁股。我咬緊了牙根，因為拉拉舉起拖鞋的時候絕不手軟。

「今天，大家一起去看新房子。」媽媽提議道。

托托卡把我叫到一邊，偷偷對我說：「如果你敢告訴他們你已經看過新房子了，我就把你剁成八段。」

但是我壓根兒沒想過這件事。

我們一大群人走在街上；葛蘿莉亞牽著我的手，她收到的命令是連一分鐘也不能放開。我則牽著路易的手。

「我們什麼時候要搬家，媽媽？」

「聖誕節過後兩天。我們很快要開始收拾行李了。」媽媽回答葛蘿莉亞的神情有點悲傷。

她的聲音聽起來好累、好累，我覺得好難過。媽媽從小就開始工作。她六歲的時候，工廠蓋了起來，她就被送進去。他們把媽媽放在桌子上，她坐在那邊負責清洗工具然後擦乾。她個子實在太小了，沒辦法自己爬下桌子，結果尿在褲子上……因為忙著工作，所以她從來沒有上過學，也不認識字。這件事讓我很傷心，所以我答應媽媽，等我變成一個詩人，變得很聰明，我會念我的詩給她聽……

街上的商店開始傳出聖誕歌曲的音樂，每個櫥窗都畫上了聖誕老公公。大家開始上街採購聖誕禮物，以免到最後一刻每家店都是人擠人。我隱隱約約希望這一次誕生的是耶穌聖嬰，祂親自為我降臨。不管怎麼樣，等我到了懂事的年紀，也許我會變好一點。

「就是這兒。」

我們全都對新房子十分著迷。房子看起來小了一點。托托卡幫忙媽媽解開了綁在門上固定用的鐵絲，讓我們進去。葛蘿莉亞放開了我的手，顧不得自己幾乎算是大人了，一頭衝過去抱住芒果樹。

「這棵芒果樹是我的。我最先看到的。」

托托卡對那棵羅望子樹重演了同樣的戲碼。

剩下我沒有東西可以認領。我快哭出來了，看著葛蘿莉亞。

「那我呢，葛蘿莉亞？」

「去後面看看，一定還有其他樹的，傻瓜。」

我跑到後院，但是只發現高聳的雜草和幾棵渾身是刺的老橙樹。還有，在靠近水溝的地方，有一株小甜橙樹。

我很失望地跑回去。他們全都在屋子裡興奮地走來走去，討論房間該怎麼分配。

「沒有其他樹了。」我拉拉葛蘿莉亞的裙子。

「那是因為你不知道怎麼找。等一下我去幫你看看。」

過了一會兒，她和我一起到後院仔細研究那些橙樹。

「你不喜歡那一棵嗎？看到沒有？那棵橙樹很漂亮啊。」

我不喜歡那一棵或其中任何一棵。它們全都長滿了刺。

「我寧願選那棵甜橙樹，也不要這些醜樹。」

「在哪兒？」

我帶她到水溝旁。

「好漂亮的小樹啊！你看，連一根刺也沒有，長得又很有個性，遠遠一看就知道是棵甜橙樹。如果我是你，我才不想要別棵樹呢。」

「但是我想要一棵真正的大樹。」

「你想想看，澤澤，這棵樹雖然還很小，但是它有一天會長成一棵巨大無比的樹——它會和你一起成長。你們兩個可以互相認識、了解彼此，就像兄弟一樣。看到它的樹枝了嗎？沒錯，現在它只有一根樹枝，但是這根樹枝看起來就像一匹小馬，專門給你騎的小馬。」

我覺得自己真是世界上最不幸的人了。以前家裡有個威士忌酒瓶，上面有幾個蘇格蘭天使的圖樣。拉拉指著其中一個最漂亮的天使說：「這一個天使就是我。」然後葛蘿莉亞選了另外一個代表她，托托卡又選走一個。最後只剩下後面那個只露出一點小頭，幾乎看不到翅膀的那一個天使留給我。第四個蘇格蘭天使根本不是一個完整的天使……

我總是墊底的。等我長大他們就知道了。我要買下整個亞馬遜叢林，所有高聳入雲的大樹都是我的。我要買下一整個倉庫的酒瓶，上面都是天使，其他人連一片翅膀都分不到。

我噘起嘴，往地上一坐，生氣地轉身背對甜橙樹。

「你不會氣很久的，澤澤。最後你會發現我是對的，」葛蘿莉亞微笑著走開。

我用一根小木棒挖著地面，漸漸止住了啜泣。有個聲音在說話，我不知道這聲音是從哪兒來的，但是很靠近我的心房。

「我認為你姊姊是對的。」

「每個人都是對的，只有我永遠是錯的。」

「不是這樣的。仔細看看我，你就知道了。」

我站起來，害怕地看著那棵小樹。真奇怪。我可以和任何一樣東西聊天，但是我以為剛剛是腦袋裡的小鳥在回答我。

「你真的會說話嗎？」

「你沒聽到嗎？」

他輕輕地笑了。我很想尖叫著衝出院子，但是好奇心使我留了下來。

「你從哪邊說話啊？」

「樹可以從任何地方說話。從葉子、樹幹、樹根。你想看嗎？把耳朵靠在我的樹幹上，你就可以聽到我的心跳。」

我有些猶豫，但是因為他實在很小，我也沒什麼好怕的。於是我把耳朵貼在樹幹上，聽到遠遠的地方有個東西發出「滴、答、滴、答」的聲音……

「聽到了嗎？」

「告訴我，大家都知道你會說話嗎？」

「不，只有你。」

「真的嗎？」

「我可以發誓。有個仙女告訴我，如果有個像你這樣的小男生成為我的朋友，我就可以說話，變得非常快樂。」

「那你願意等嗎？」

「等什麼？」

「等我們全家搬過來。大概還要一個多禮拜吧。這段時間裡面，你不會忘記怎麼說話吧？會嗎？」

「絕對不會。不過，我只對你說話喔。你想試試看我的身子有多麼光滑嗎？」

「怎麼試？」

「爬到我的樹枝上。」

我爬了上去。

「現在，輕輕地搖擺，閉上眼睛。」

我照著他的話做。

「怎麼樣？你騎過更棒的小馬嗎？」

「從來沒有。好棒啊！我乾脆把我的小馬『月光』送給我弟好了——你知道的，你一定會非常喜歡我的小弟弟。」

我輕輕滑下來，我好愛我的甜橙樹啊。

「嘿，在我們搬來之前，我會儘可能想辦法來這兒和你聊天……現在我必須走了，他們在前面已經要離開了。」

「但是，我的朋友，我們才剛見面就要說再見了嗎？」

「噓！她來了。」

葛蘿莉亞出現的時候，我正在擁抱他。

「再見了，我的朋友。你是世界上最美麗的。」

「我不是說過了嗎？」

「是啊，妳說的對。現在就算拿芒果樹或羅望子樹來跟我交換，我也不要。」

她用手溫柔地梳過我的頭髮。

「你這個小鬼頭啊，這個小腦袋瓜啊……」

我們手牽著手離開。

「葛蘿莉亞，妳會不會覺得妳的芒果樹有點呆？」

「現在說還太早，但是好像真的有點呆。」

「那托托卡的羅望子呢？」

「有一點拙。幹嘛？」

「我不知道該不該跟妳說。但是有一天我會跟妳說一件神奇的事，葛蘿莉亞。」

3 當貧窮伸出冰冷的手指

「所以，這就是讓你煩惱的事？」我向艾德孟多伯伯提出問題之後，他很認真地思考。

「是的，伯伯。我怕我們搬家的時候，路西安諾不跟我們一起走。」

「你覺得那隻蝙蝠很喜歡你嗎？」

「牠當然喜歡我啊。」

「打從心底喜歡？」

「我很肯定。」

「那麼你就可以確定牠也會過去啦。可能要過一段時間牠才會出現，但是總有一天牠會找到你們的。」

「我已經告訴牠我們要搬到哪條街、幾號門牌了。」

「那就更容易找了。如果牠有別的要事纏身，也會派個兄弟或親戚代替牠過去看你——你可能還認不出牠們是分身呢。」

但我還是沒辦法放心。就算我給了牠街道名稱和門牌號碼，路西安諾不認識字的話又有什麼用？也許牠可以問小鳥、螳螂或蝴蝶。

「別擔心，澤澤。蝙蝠是很有方向感的。」

「牠們有什麼，伯伯？」

他向我解釋什麼是「方向感」，讓我更加佩服他的智慧。

問題解決了。我跑去街上告訴所有人我們要搬家的消息。大多數人聽了都開心地說：「你們要搬家啦，澤澤？好極了！」「太棒了！」「真是鬆了口氣啊！」……

唯一沒有表示出任何驚喜之情的，只有黑人比利金歐。

「搬到那邊不過就是另一條街，離這邊很近嘛。那我上次跟你提的那件事……」

「什麼時候？」

「明早八點，在班古賭場的大門口。聽說有一大卡車的玩具。你要去嗎？」

「我要去。我會帶路易去。你覺得我還能拿到東西嗎？」

「當然，像你這樣的小討厭還用說嗎？難道你以為你已經是個大人了嗎？」

他靠近我，讓我覺得自己還很小。比我原本以為的還要小。

「要想搶到東西的話……我現在有其他事要做。明天在那邊見囉。」

我回到家裡纏著葛蘿莉亞。

「怎麼啦，小子？」

「明天有一輛卡車要從城裡來，載滿了玩具，妳可以帶我們去。」

「喔，澤澤，我有太多事情要做。我要燙衣服、幫忙賈蒂拉打包準備搬家的事，還得一邊看著爐上的平底鍋。」

「有一群軍校生要從里蘭哥過來喔。」

葛蘿莉亞有一本相簿專門用來貼她收集的魯道夫・范倫鐵諾（Rudolfo Valentino）

（她都叫他魯迪）的照片。她對軍校生也很瘋狂。

「你什麼時候在早上八點看過軍校生了？你以為我是笨蛋啊，小男生？去玩去，澤澤。」

但是我不肯走。

「妳知道嗎，葛蘿莉亞，這不是為了我。我答應過路易會帶他去的。他還這麼小，像他這種年紀的小孩，心裡想的只有聖誕節。」

「澤澤，我已經告訴過你我不去了。路易的事你只是說說而已，你才是那個最想去的人。你一生中還有很多機會可以過聖誕節啊……」

「如果我死了呢？說不定今年聖誕節我會兩手空空地死掉……」

「你不會那麼快死的，小老頭。你會活得比艾德孟多伯伯或貝耐狄托先生還要長兩倍。好了，說得夠多了，出去玩吧。」

但我還是不走。我賴在那兒，所以她老是會不經意地看到我。她走到櫥櫃去拿不知道什麼東西的時候，就會看到我坐在搖椅上，用眼神懇求她。這種眼神對她很有效。她去洗衣槽提水的時候，我就站在門前台階上看著她；她到臥房收拾衣服去洗的時候，我就趴在床上用手撐著下巴，看著她。

最後她投降了。

「夠了，澤澤。我已經說過，不去就是不去。看在上帝的份上，不要再考驗我的耐心了，去玩你的吧。」

我還是不走。我是說，我本來不打算走，但是葛蘿莉亞抓住我，把我抱到門外，放在院子裡。然後她進到屋裡，把廚房和客廳的門關上。我沒有放棄，我坐在她經過的每一扇窗戶前。現在她開始擦拭家具上的灰塵，鋪床折棉被。她看到我凝視著她，就把臥房那扇窗戶關上。最後整棟房子門窗緊閉，這樣她就看不到我了。

「妳這個骯髒下流的東西！死老太婆！我希望妳永遠嫁不了軍校生！妳最好嫁給大頭兵，那種連擦靴子的破布都沒有的低級兵！」

我發現自己只是在浪費時間，於是氣沖沖地離開家，再度回到街頭世界。

我看到納丁歐在玩什麼東西。他蹲在地上，對周遭的事物渾然不覺。我走近一看，他用火柴盒做了一輛小車，綁在一隻甲蟲身上。那是我看過最大的一隻蟲子。

「好樣的！」

「很大吧，對不對？」

「要交換嗎？」

「換什麼？」

「如果你想要小照片的話……」

「幾張？」

「兩張。」

「別傻了。這麼大隻的蟲，你只拿兩張電影明星的小照片就想換？」

「像這樣的蟲子，艾德孟多伯伯家的水溝有一大堆。」

「三張我才肯換。」

「我可以給你三張，但是你不能選。」

「不行。我至少要選兩張。」

「好吧。」

我給他一張勞拉・拉普蘭特（Laura La Plante）的照片，因為我還有很多張一樣的。然後他選了一張虎特・吉伯森（Hoot Gibson）和一張派西・茹絲・米樂（Patsy Ruth Miller）的照片。我拿起甲蟲放進口袋裡離開。

「快點，路易。葛蘿莉亞去買麵包，賈蒂拉正坐在搖椅上看報紙。」

我們偷偷溜下樓，我帶他去上廁所。

「多尿一點，因為白天沒辦法在街上尿尿。」

然後我在澡盆裡幫他洗臉，也洗了自己的臉，我們又回到臥房。

我儘可能不弄出聲響地幫他穿衣服，再幫他穿鞋。襪子這種東西真是麻煩，老是卡在半路。我扣上他的藍外套，找來了梳子，但是他的頭髮亂翹，不肯乖乖聽話，我得想個辦法才行。到處都找不到可用的東西，沒有髮油，也沒有順髮露。我到廚房用指尖挖了點豬油回來，在手心搓揉之後聞了聞。

「一點也不臭。」

我把豬油抹在路易的頭髮上，開始梳理，然後他就有了個漂漂亮亮的頭。細細捲捲的頭髮，讓他看起來就像是肩上扛了隻小羊的聖約翰。

「現在你在這邊站好，才不會把身上弄髒弄亂。我要換衣服了。」

穿上褲子和小小的白襯衫後，我看著我的小弟。

他真是漂亮啊！整個班古沒有比他更漂亮的了。

我穿上網球鞋，這雙鞋要穿到明年我上學為止。我一直看著路易。這麼漂亮、乾淨的小男生，讓人覺得聖嬰長大一點就會是這個模樣。我敢打賭，只要人們看到他，一定會給他各式各樣的禮物……

葛蘿莉亞回來了。她把麵包放在桌上的聲音把我嚇了一跳。有買麵包的日子，就可以聽到紙袋發出的沙沙聲。

我們手牽手走出去，定定地站在她面前。

「他很漂亮吧，葛蘿莉亞？我替他打理好了。」

葛蘿莉亞沒有生氣，而是靠在門邊抬頭往上看。她低下頭的時候，眼睛裡充滿了淚水。

「你也很漂亮啊！喔，澤澤！……」

她跪下來，把我的頭擁入懷中。

「上帝啊！為什麼生命要對我如此嚴苛……」

她平靜下來之後，幫我們理好衣服。

「我跟你說過我不能帶你去。真的沒辦法，澤澤。我有太多事要做了。我們還是先喝點咖啡，我一邊想想辦法。就算我想去，現在也沒時間準備了。」

她拿出我和路易的咖啡杯，切了麵包。她一直看著我們，好像快要哭出來。

「你們這麼拼命，只為了拿到一些廉價玩具。他們不可能發給窮人什麼很好的東西——人實在太多了。」

她頓了一下，繼續接著說：「也許這是唯一的機會。我沒辦法阻止你們去……但是，天哪，你們還這麼小！」

「我會好好照顧路易。我會一直牽著他不放開的，葛蘿莉亞。我們甚至不必穿越里約—聖保羅公路。」

「就算這樣，還是很危險。」

「不會危險的。而且我有方向感喔。」

「好啦，這是誰教你的？」她在傷感中笑了起來。

「艾德孟多伯伯。他說路西安諾有方向感；如果比我還小的路西安諾都有方向感的話，那我的方向感一定更強囉……」

「我和賈蒂拉說說看。」

「不用浪費時間了啦！她會讓我們去的。賈蒂拉總是一天到晚看小說、想男朋友。她根本不在乎。」

「這樣吧，喝完咖啡，我們一起到前門去。如果有認識的人經過，剛好要往同一個方向走，我就拜託他們帶你去。」

在我看來，就連吃麵包也是在浪費時間。我們走到了前門。

沒有人路過，只有時間悄悄溜走。但是最後終於有人來了：郵差派夏先生。他脫下帽子向葛蘿莉亞致意，答應陪著我們去。

葛蘿莉亞吻了我和路易，微微笑著問我：「那個大頭兵和靴子的事你怎麼說？」

「那是騙妳的啦！我不是故意的。妳會嫁給一個空軍少將，肩膀上有很多星星的那種。」

「你為什麼不和托托卡一起去？」

「托托卡說他不往那邊走。而且他不想自找麻煩。」

我們出發了。派夏先生讓我們走在前面，自己挨家挨戶送信，然後加快腳步趕上我們。這樣的過程一再重覆。等我們走到里約—聖保羅公路時，他笑著對我們說：「小朋友，我在趕時間，你們拖累我了喔。現在你們自己往前走吧，不會有什麼危險的。」

他很快地走開，腋下夾著裝滿信和報紙的郵包。

我感到一陣厭惡。

「卑鄙小人！你答應葛蘿莉亞會帶我們去的，結果把兩個小孩丟在路邊！」

我用力地握緊了路易的小手，繼續往前走。他開始覺得累了，放慢了腳步。

「加油，路易，快到了。他們有好多玩具哦。」

他稍微加快了腳步，然後又慢了下來。

「澤澤，我累了。」

「我可以抱你走一下，如果你想要的話。」

他伸出雙臂，我抱著他走了一下。哇！他重得像鉛塊一樣。等我們走到進步街時，我已經氣喘如牛了。

「現在你下來自己走一下吧。」

教堂的鐘敲了八點。

「怎麼辦？我們應該在七點半到那邊的。」沒關係，會有玩具剩下來的。他們有滿滿一卡車呢。

「澤澤，我腳痛。」

「我幫你把鞋帶拉鬆一點，就不會痛了。」我彎下身。

我們越走越慢，感覺好像永遠也走不到市場那邊。我們得先經過小學，在班古賭場街右轉。最糟的是，時間正在飛逝。

就在我們快要累死的時候，終於走到了！但是附近沒有任何人。一開始我以為他們還沒有送出任何玩具，但看起來應該是有的，因為包裝紙丟得街上到處都是，把沙地點綴得五彩繽紛。

我開始擔心了。

我們走到前頭，門房柯奇諾先生正在關賭場的大門。

「柯奇諾先生，全都結束了嗎？」我問。

「全都結束了，澤澤，你太晚來了。簡直是場暴動啊。」

他闔上半邊的門，和藹地笑著說：「沒有東西剩下來囉。連我姪子都沒份。」

他把另一扇門也闔上，走到街上來。

「明年你們兩個要早點來喔，小懶蟲。」

「沒關係。」

其實有關係。我好難過、好失望，寧願馬上死掉也不願意遇到這種事。

「坐下來吧。我們需要休息一下。」

「我渴了，澤澤。」

「等會兒經過羅森堡先生家的時候，可以要一杯水喝。我們兩個喝一杯應該就夠了。」

到這個時候他才明白悲劇發生了。他看著我不說話，嘴巴嘟了起來，淚水在眼中打轉。

「沒關係的，路易。你知道我的小馬『月光』吧？我叫托托卡換根竿子，把『月光』當作聖誕老人送給你的禮物。」

他用力吸吸鼻子。

「不要，別這樣嘛。你是國王耶。爸爸說，他給你取了路易這個教名，因為這是國王的名字喔。你知道，國王是不會在街上當著大家的面哭的。」

我把他的頭擁入懷中靠緊我胸口，撫摸著他的捲髮。

「等我長大，我要買一輛漂亮的汽車，像麥紐・瓦拉達赫先生那種車——就是那個葡萄牙人的車子，你記得嗎？有一次我們在車站對著曼哥拉迪巴號揮手的時候，那輛車子有經過……嗯，我以後要買一輛漂亮的車子，裡面裝滿了禮物，全都是給你的喔。現在不要哭了，因為國王是不哭的。」

我心痛無比，胸口感覺快要炸開了。

「我發誓我一定會買的。就算是用偷用搶的都要買。」

這句話不是腦袋裡的那隻小鳥說的，一定是我的心自己說出來的。

只能這樣了。為什麼聖嬰不喜歡我？祂甚至連馬槽裡的母牛和小驢都喜歡，但是祂不喜歡我。祂對我生氣，因為我是魔鬼的教子。祂對我生氣，因為我沒辦法拿到禮物給弟弟。不該讓路易失望的——因為他是個天使，天堂裡的小天使沒有一個比得上他。

然後，我很沒用地哭了起來。

「澤澤，你哭了……」

「沒什麼。我不像你是國王，我只是個沒有用的東西。我是個壞男生，很壞的男生……就是這樣。」

「托托卡，你有去新家嗎？」

「沒。你有去啊？」

「只要有空我就去。」

「為什麼？」

「我想去看看米奇歐好不好。」

「『米奇歐』是個什麼鬼？」

「他是我的甜橙樹。」

「你倒是幫他找了個好名字嘛。你找東西一向很行。」

他哈哈大笑，繼續削木頭做「月光」的新身體。

「那他現在怎麼樣了？」

「他一點也沒長高。」

「如果你老是瞪著他看，他是不會長高的。他有沒有越長越漂亮呢？你想要把竿子弄成這樣對不對？」

「對。托托卡，你什麼都會做耶！你會做鳥籠、雞舍、鳥舍、籬笆、大門……」

「那是因為世界上不是所有人都天生註定要做打領結的詩人，但是如果你想的話，一定學得會。」

「不對，一個人要有『才氣』才能當詩人。」

他頓了一下，看著我，對這個鐵定又是艾德孟多伯伯教我的新詞彙不知該大笑還是皺眉頭。

廚房裡，姥姥正把麵包浸泡在紅酒中做法國土司，那是我們的聖誕晚餐——唯一的一道菜色。

「有人連法國土司都沒得吃呢。艾德孟多伯伯給我們錢買酒還有水果做明天的午餐。」

托托卡無條件幫我重新打理「月光」，因為他知道在班古賭場發生的事。這樣路易至少可以得到一樣禮物；雖然是舊的、用過的東西，但是非常美麗，是我珍愛的寶貝。

「托托卡。」

「幹麼？」

「你覺得聖誕老人根本不會給我們禮物嗎？」

「我不這樣覺得。」

「我認真地問你喔，你覺得我真的像他們大家說的那麼壞、那麼討人厭嗎？」

「我認真地回答你：不是。只是你剛好有魔鬼的天分而已。」

「我好希望聖誕節不是那樣悲慘。我希望在我死之前能夠有一次，為我降臨的是聖嬰而不是小惡魔。」

「誰知道呢，說不定明年……你為什麼不學學我呢？」

「學你什麼？」

「沒有期望就不會失望。就算是聖嬰，也沒有大家說的那麼好；不像神父說的那麼好，也不像天主教教義問答中說的那麼好。」

他停了下來，猶豫著該不該把他心裡想的其他話全都講出來。

「所以呢？」

「這樣吧，如果說你很調皮，不該得到任何禮物，那路易呢？」

「他是個天使。」

「那葛蘿莉亞呢？」

「她也是天使。」

「那我呢？」

「呃，你有時候……你會拿我的東西，但是你還是對我很好。」

「那拉拉呢？」

「她打人很用力，但是她是好人。以後她會幫我做領結。」

「那賈蒂拉呢？」

「賈蒂拉還好啦，但是她也不壞。」

「那媽媽呢？」

「媽媽很好很好。她打我也是不得已的。」

「那爸爸？」

「啊！我不知道耶。他從來沒有遇過什麼好事。我想他一定和我一樣，是家族裡唯一的壞小孩。」

「所以我們家所有人都是好人。那為什麼聖嬰對我們不好？你去福哈博醫生家，看看他們的餐桌有多大，上面擺滿了食物。還有維拉伯家也是。阿達卡度魯茲家更不用說了……」

我發現托托卡快要哭了。

「就是因為這樣，所以我相信當初聖嬰出生在貧窮人的家裡，只是為了要賣弄。在祂眼裡只有有錢人才重要……我們不要再討論這件事了。我剛剛這樣講可能已經犯下重罪。」

他沮喪到連話都不想再說了。他盯著手上正在打磨的木馬身體，眼睛抬都不肯抬一下。

聖誕夜晚餐一片愁雲慘霧，我不願意再回想。所有人沈默地吃著，爸爸只嚐了點法國土司。他不想刮鬍子，也不想做任何事。他們甚至沒有去參加午夜彌撒。最讓人難過的是，晚餐桌上沒有人開口說話。感覺比較像是為聖嬰守靈，而不是慶生。

爸爸拿起帽子走了出去。他出門的時候穿著涼鞋，沒有說再見，也沒有祝福任何人聖誕快樂。姥姥掏出手帕擦眼睛，叫艾德孟多伯伯帶她回家。艾德孟多伯伯在我手裡放了一個五百里斯的硬幣，在托托卡手裡也放了一個。也許他本來想給更多的，但是他沒有錢。也許他不想給我們，而是想要給他在城裡的孩子。我抱了他一下。這可能是聖誕夜唯一的一個擁抱。沒有人擁抱，沒有人想說什麼祝福的話。

媽媽回她的房間去了，我相信她在偷偷地哭。每個人都想哭。拉拉送艾德孟多伯伯和姥姥到大門口，他們很慢、很慢地離開了。拉拉說：「他們好像活得太久，老到厭倦了每一件事。」

教堂的鐘聲讓聖誕夜充滿了歡樂的氣氛，卻讓我們更加感傷。碩大的煙火在空中綻放，這些人正向上帝表示他們的欣喜之情。

我們回到屋裡的時候，葛蘿莉亞和賈蒂拉正在洗碗盤，葛蘿莉亞的眼睛紅紅的，好像剛剛大哭過一場。

她強自鎮定，對我和托托卡說：「小孩子該上床睡覺了。」

說完之後她看著我們。她知道在這一刻，這裡沒有任何小孩。每個人都是大人，悲傷的大人，一點一點消化著同樣的悲傷。

也許是因為燈籠昏暗的燈光讓大家看起來很悲傷——也許吧。

快樂是我的小國王的，他嘴裡含著一根手指睡著了。我把小馬放在他身邊，忍不住用手輕柔地梳著他的頭髮。我的聲音像條河，滿載著無盡的溫柔。

「我的小寶貝。」

等到整間屋子熄了燈，我悄悄地問：「法國土司很好吃，對吧，托托卡？」

「我不知道。我沒吃。」

「為什麼？」

「我喉嚨裡有東西哽著，什麼也吃不下去。睡吧，睡覺可以讓你忘了一切。」

我爬起來，在床上發出一陣聲響。

「你要去哪兒，澤澤？」

「我要把我的網球鞋放到門外頭。」

「不要，別把鞋子放外面。最好不要。」

「誰知道呢，說不定會有奇蹟發生。你知道的，托托卡，我想要禮物，一樣禮物就好。我想要一個新的東西，特別為我準備的東西……」

他轉向另一邊，把頭埋到枕頭下。

我一起床，就叫醒托托卡。

「我們去外頭看看，我說會有東西。」

「我不想去。」

「但是我要去。」

我打開臥室的門，網球鞋是空的。托托卡揉著眼睛走過來。

「我不是說過了嗎？」

憤恨、厭惡、悲傷——所有情緒混雜在一起，從我心底浮起。「有個窮爸爸真慘！」我克制不住自己。

我的眼光從網球鞋移開，移到一雙停在我面前的涼鞋上。爸爸站在那兒看著我們。他的眼睛因為悲傷而顯得巨大空洞，好像可以吞下班古電影院的整面銀幕似的。他眼神中的悲痛如此強烈，我知道他就算想哭也哭不出來。他站在那兒瞪著我們看了一分鐘，這一分鐘彷彿永無止盡。然後他沈默地走過我們身邊。我們嚇壞了，什麼話也說不出來。他從衣櫥裡拿出帽子，又走到街上去了。這時托托卡才碰了碰我的手臂。

「你真壞，澤澤。像聖經裡的蛇一樣壞。這就是為什麼……」

他停了下來，神情很痛苦。

「我沒看到他在那兒。」

「小壞蛋。沒良心。你知道爸爸已經失業很久了，所以我昨天晚上吃不下飯，直盯著他的臉。有一天你也會當爸爸，你就知道這種話有多傷人了。」

「但是我沒有看到他啊，托托卡，我真的沒有看到……」我忍不住哭了。

「走開！你不配得到任何東西。滾遠一點！」

我站在原地，不知道該怎麼辦。我很想跑到街上，抱著爸爸的腿痛哭，告訴他我真的很壞，一定是魔鬼的教子。我回到房裡在床上坐下，從這個角度可以看到空空的網球鞋還在原來的地方。空空的，就像我狂跳不已的心。

「上帝啊，我為什麼會做出這種事呢？而且是在今天。為什麼在這個大家都已經這麼悲傷的時刻，我還要更惹人討厭呢？午餐的時候我要怎麼面對爸爸呢？我一定沒辦法嚥下水果沙拉的。」

還有他那雙眼睛，大得像電影銀幕一樣的眼睛，緊緊地盯住我不放。我閉上雙眼，還是看到那雙很大、很大的眼睛……

我的腳跟踢到了擦鞋箱，於是我想到了一個點子。或許這樣爸爸就會原諒我所有的惡行了。

我打開托托卡的鞋箱，借了一罐黑色的鞋油，因為我的快用完了。我沒有和任何人說，偷偷跑到街上，毫不在意小鞋箱的重量。我感覺好像踩在他的眼神中，在他的眼神中感到痛楚。

現在還很早，人們一定還在睡覺，因為昨晚吃聖誕大餐又參加彌撒，玩得很晚。街上都是小孩，在炫耀和比較他們的新玩具，讓我更加沮喪。他們都是好小孩。他們沒有人會像我做出這種事。

我在「悲慘與飢餓」酒吧附近停下，希望能找到顧客。酒吧連今天也開門做生意，會得到這樣的暱稱也不是沒有理由的。人們穿著睡衣走進去，腳上是室內拖鞋或涼鞋——沒有人穿需要擦拭的鞋子。

我沒吃早餐，但是不覺得餓。我的痛苦比飢餓更強烈。我走到進步街，繞著市場走，停在羅森堡先生的麵包店前面，坐在人行道上。沒有人走過來。

一個鐘頭又一個鐘頭過去，我沒賺到半毛錢。但是我必須賺到錢，一定要。

氣溫開始上升，鞋箱的帶子弄得我肩膀好痛，只好不停地變換姿勢。渴了就到市場的水龍頭那兒喝水。

我坐在公立小學大門前的台階上，我很快就要進入這所學校了。我把鞋箱放在地上，覺得灰心極了。我的頭垂在膝上，像個呆坐在那兒的塑膠娃娃，萬念俱灰。然後我把臉埋在膝蓋之間，用手臂抱住頭。我還是死了算了，總比沒有達成目的就回家好。

有隻腳踢了踢我的鞋箱，一個我認得的親切聲音對我說：「嘿，擦鞋童，打瞌睡可是賺不到錢的喔。」

我不敢相信地抬起頭。是賭場的門房柯奇諾先生。他把一隻腳放到鞋箱上，我先用布擦拭，然後沾濕鞋子再揩乾，最後小心翼翼地塗上鞋油。

「先生，請把褲管往上拉一點點。」

他照我的話做了。

「今天出來擦鞋啊，澤澤？」

「我從來沒有像今天這麼需要工作。」

「你的聖誕節過得怎麼樣啊？」

「還好啦。」

我在鞋箱上敲了敲鞋刷，他換了隻腳。我重覆先前的過程，開始擦另一隻鞋。

弄完之後，我又敲了敲鞋箱，他便把腳放下來。

「多少錢，澤澤？」

「兩百里斯。」

「為什麼只要兩百里斯？大家都收四百耶。」

「等我成為真正厲害的擦鞋童才能收這麼多。現在還不行。」

他拿出五百里斯給我。

「你要不要等一下再給？我還沒拿到錢可以找。」

「零錢留著算是聖誕禮物吧。再會囉。」

「聖誕快樂，柯奇諾先生。」

也許他來擦鞋，是為了彌補三天前發生的事。

口袋裡的錢讓我的精神為之一振，但沒有持續很久。已經是下午兩點了，人們在街上漫步——但是沒有客人上門。沒有人願意花一個多索擦拭鞋上的灰塵。

我在里約—聖保羅公路上的一家郵局周圍徘徊，不時用我薄弱的聲音呼喊：

「擦鞋嗎，先生？」

「擦鞋嗎，大人？擦個鞋幫窮人過節吧！」

一輛有錢人的車在附近停下來。

我把握這個機會叫賣，雖然心中不抱任何希望：「幫個忙吧，大夫。就當作幫窮人過節吧！」

穿著漂亮衣裳的女士和後座的小孩一直看著我，女士被打動了。

「真可憐。年紀這麼小又這麼窮苦。給他一點錢吧，亞特。」

「不過是個小混混，而且是最惡劣的那一種，利用自己的小個子和節日騙取同情。」那男人用懷疑的眼光打量我。

「不管怎麼說，我要給他一點東西。過來這兒，小朋友。」

她打開錢包，把手伸出窗外。

「不用了，謝謝您，夫人。我不是騙子，我只是必須在聖誕節工作賺錢。」

我搬起鞋箱背上肩，慢慢地走開。今天我沒有任何多餘的力氣發脾氣。

但是車門打開了，一個小男生跑向我。

「拿著吧。媽媽要我來告訴你，她不認為你是個騙子。」他放了五百里斯在我口袋，還來不及讓我道謝就跑走了。我聽到汽車開遠的聲音。

四個小時過去了，我還是一直看到爸爸的目光，直直穿透到我心裡。

我開始往回走。十個多索並不夠。不過，也許「悲慘與飢餓」會願意降價賣給我，或讓我賒帳。

在一道圍籬的轉角，有一樣東西吸引了我的注意。是一隻破舊的黑色長襪。我彎下腰撿起來，把長襪在手心裡捲成一個小球。我把襪子放進鞋箱裡，心想：「這個用來做蛇一定很棒。」

但我和自己奮戰：「改天吧。無論如何今天不行。」

我來到了維拉伯家附近。這棟房子有個很大的庭院，地面是水泥鋪的。賽金歐正騎著一台美麗的腳踏車繞來繞去，我把臉貼到圍籬的柵欄上看。

那是一台紅色的腳踏車，上面有黃色和藍色的條紋，金屬部分閃閃發亮。賽金歐看到了我，就開始在我面前炫耀。他加速、急轉彎，緊急煞車弄出尖銳的聲音。然後他靠近我。

「你喜歡嗎？」

「這是世界上最美麗的腳踏車。」

「到大門這邊來，你可以看得更清楚。」

賽金歐和托托卡一樣大，念同一個年級。

我光著腳，覺得很尷尬，因為他穿著漆皮鞋、白襪，還有紅色彈性吊襪帶。鞋面亮晶晶的，映照出每一樣東西，連爸爸的眼睛都在反光中看著我。我困難地吞了口口水。

「怎麼啦，澤澤？你看起來怪怪的。」

「沒事。靠近看更美呢。這是你的聖誕禮物嗎？」

「是啊。」

他跳下腳踏車好和我說話，並打開大門。

「我收到好多聖誕禮物喔。有一台手搖留聲機、三套新衣服、一大疊故事書、一大盒的彩色鉛筆。各種紙牌，還有一架螺旋槳會轉的飛機、兩艘白色帆船……」

我低下頭，想起了只愛有錢人的聖嬰——托托卡說的沒錯。

「怎麼啦，澤澤？」

「沒事。」

「那你……你有拿到很多禮物嗎？」

我搖了搖頭。

「沒有？一樣也沒有嗎？」

「今年我們家沒有過聖誕節。爸爸還是沒有工作。」

「不可能呀。你們連胡桃、榛子或酒都沒有嗎？」

「只有姥姥做的法國土司，還有咖啡。」

賽金歐陷入沈思。

「澤澤，如果我邀請你，你會接受嗎？」

我可以想像他家會有什麼好東西，但是就算我什麼也沒吃，我還是不想去。

「我們進去屋裡吧。家裡有好多好多甜點，媽媽會幫你準備一大盤……」

我不想冒險。以前我有過很差的經驗。我聽到過不止一次：「我不是告訴過你，不要把這些街上的流浪兒帶到家裡來嗎？」

「不用了，謝謝。」

「好吧。那我叫媽媽幫你包一袋堅果，讓你帶回去給小弟弟吃好嗎？」

「不行，我必須完成我的工作。」

直到這時，賽金歐才注意到我的小鞋箱。

「但是聖誕節沒有人要擦鞋啊。」

「我一整天都在外面跑，只賺了十個多索，而且裡面還有五個是人家施捨的。我還要再賺兩個多索才夠。」

「你要這些錢做什麼呢，澤澤？」

「我不能說。但是我真的需要這筆錢。」

他露出笑容，想到一個好點子。

「你想幫我擦鞋嗎？我可以給你十個多索。」

「這樣不行啦，我不跟朋友收費的。」

「那如果我給你錢，也就是說，如果我借你兩百里斯呢？」

「我可以晚一點再還給你嗎？」

「隨你高興。你可以以後再用彈珠還我。」

「好啊。」

他把手伸進口袋，給了我一個硬幣。

「別擔心，我有很多錢。我有個小撲滿裝滿了錢呢。」

我用手指摩擦著腳踏車的輪胎。

「它真的很漂亮。」

「等你長大學會騎車了，我就讓你騎一圈，好嗎？」

「好。」

我離開賽金歐家，用跑百米的速度衝向「悲慘與飢餓」，鞋箱晃得嘎嘎作響。

我像一陣旋風似地衝進去，怕店家已經打烊了。

「你們還有那種比較貴的香菸嗎？」

他看到我掌心裡的錢，便拿出了兩包菸讓我看。

「這不是你要抽的吧，澤澤？」

後面有個聲音說：「怎麼可能！這麼小的小孩。」

他沒轉身，和對方爭辯道：「那是因為你不認識他。這個小壞蛋什麼事都做得出來。」

「是要給我爸的。」

我把菸拿在手裡翻來覆去地看，感到無比的快樂。

「這一種還是那一種好？」

「買的人自己決定。」

「我一整天都在工作，好買下這個聖誕禮物送給爸爸。」

「真的嗎，澤澤？他送給你什麼？」

「什麼也沒有，好可憐。他還在失業中，你知道的。」

他深受感動，酒吧裡沒人說話。

「如果是你，你會選哪一個？」

「兩個都可以。任何一個爸爸都會很高興收到這種窩心的禮物。」

「那請幫我把這一個包起來。」

他把菸包起來，但是當他把包好的菸交給我時，神情有點怪怪的。他好像想說些什麼，又說不出口。

我把錢遞給他，露出了微笑。

「謝啦，澤澤。」

「祝你聖誕快樂。」

我又跑了起來，一路跑回家。

夜晚降臨，廚房的燈籠是唯一的光線來源。大家都出去了，只有爸爸坐在餐桌前，呆呆地盯著牆壁。他的下巴托在掌心裡，手肘靠在桌上。

「爸爸。」

「怎麼啦，兒子？」

他的聲音裡沒有任何苦澀之情。

「你一整天跑哪兒去啦？」

我讓他看看鞋箱，然後把鞋箱放在地板上，把手伸進口袋裡拿出那一小包東西。

「你看，爸爸。我幫你買了個好東西。」

他笑了，他很清楚這個東西要多少錢。

「你喜歡嗎？這是最漂亮的一種。」

他打開包裝嗅了嗅菸，帶著微笑，但沒有說話。

「抽一根吧，爸爸。」

我走到火爐邊拿火柴。我劃了一根火柴，湊到他嘴上的香菸前。

我往後退，站著看他吸第一口菸。有種感覺攫住了我。我把燃盡的火柴棒丟在地上，感覺一整天壓迫著我的痛苦就要爆發，炸裂我的五臟六腑。

我看著爸爸，看著他的大鬍子，看著他的眼睛。

我張口喊著：「爸爸……爸爸……」然後我的聲音就淹沒在淚水和嗚咽中。

他張開雙臂，溫柔地摟摟我。

「別哭，我的兒子。如果你老是愛想東想西，人生還有得你哭呢。」

「我不是故意的，爸爸……我不是故意要說……那種話的。」

「我知道，我知道。我沒有生氣啊——因為事實上你是對的。」

他又抱了我一下。然後他抬起我的臉，用餐巾紙替我擦拭眼淚。

「這樣好多了。」

我舉起手撫摸他的臉。我的手指輕輕地按在他的眼睛上，想把眼睛推回去。如果不這樣做，只怕這一雙眼睛會一輩子跟著我。

「讓我抽完這根菸吧。」

我用因為哭泣而哽咽的聲音，抽抽答答地說：「你知道，爸爸，如果你想打我，我再也不會抱怨了……你真的可以打我……」

「好啦，好啦，澤澤。」

他把我放下，讓我坐在地板上繼續啜泣。他從餐櫥裡拿出一盤食物。

「葛蘿莉亞幫你留了一些水果沙拉。」

我吃不下。他坐下來，一小口一小口地餵我。

「這件事結束了，對吧，兒子？」

我點點頭，但是一開始吞下去的幾口食物還是有鹹鹹的味道。後來我又哭了好久好久才終於停止。

4 飛吧，我的小鳥

新家新生活，我對未來滿懷單純的希望——單單只是希望。

我坐在板車上，一邊是亞里斯提先生，一邊是他的助手。天氣暖洋洋的，我的心也暖烘烘的。

離開泥巴路，轉上里約—聖保羅公路的時候，感覺棒極了，板車平順清爽地向前滑行。

一輛漂亮的汽車開過去。

「是那個葡萄牙人麥紐・瓦拉達赫的車。」

我們穿越阿速德街口的時候，早晨的風中傳來一陣遙遠的汽笛聲。

「你看，亞里斯提先生，曼哥拉迪巴號開過去了。」

「你知道得可真不少嘛。」

「我認得它的聲音。」

只有馬蹄敲在街道上嗒嗒作響的聲音回答我。我發現這輛板車並不新——正好相反——但是車身很堅固耐用，跑兩趟就可以載完我們全部的家當。拉車的驢子不甚強壯。但是我決定說些好聽的話。

「你的車子很漂亮，亞里斯提先生。」

「還算好用啦。」

「還有驢子也很漂亮。他叫什麼名字?」

「吉普賽。」

他不太想說話的樣子。

「今天我好開心，這是我第一次坐板車耶。我看到葡萄牙人的車子，又聽到曼哥拉迪巴號鳴汽笛。」

一片沈默。

「亞里斯提先生，曼哥拉迪巴是全巴西最重要的火車嗎？」

「不是，它只是這條路線中最重要的。」

沒有用。有時候要了解大人還真是困難啊。

板車在新家前面停下，我把鑰匙交給他，試著展現我的熱忱。

「需不需要我幫忙做什麼呢？」

「你幫個大忙不要擋路。去玩吧，等到要回去的時候，我們會叫你的。」

我走開了。

「米奇歐，現在我們可以永遠住在一起囉。我要好好替你打扮打扮，這樣就沒有任何一棵樹比得上你了。你知道嗎，米奇歐，我剛剛坐在一輛很大很大、很平穩的板車上，看起來就像電影裡的那種驛站馬車喔。這樣吧，以後我只要看到一樣新東西，就來跟你講，好不好？」

我走進水溝邊高高的草叢，看著裡面流動的污水。

「前兩天我們決定把這條河叫做什麼啊？」

「亞馬遜。」

「對，亞馬遜。下游有很多印地安原住民划著獨木舟，對吧，米奇歐？」

「那還用說嗎？一定是這樣沒錯。」

我們才剛開始聊起來，就聽到亞里斯提先生關上門叫我的聲音。

「你要留在這邊還是跟我們走？」

「我要留下來。我媽媽和姊姊應該已經一路走過來了。」

所以我就留在那兒，仔細研究新家的每一個角落。

為了慶祝搬家，也或許是因為我想給新鄰居留下好印象，一開始我表現得很乖巧。後來我不小心看到上次撿到的那條女用黑色長襪。我把長襪捲成長條狀，把腳趾尖的部分剪掉，然後我找到一條很長的風箏線，就用這條線穿過長襪，在原先的腳趾部分打結固定。慢慢拉動繩子的時候，遠遠看起來，長襪看起來就像一條蛇。

如果在黑暗中效果一定很棒。

到了晚上大家各忙各的，新家似乎改變了每個人的心情。家裡有種歡樂的氣氛，是我們好久不曾體驗過的。

我不出聲，靜靜在大門口等待。街燈照亮了半邊的街道，高聳的巴豆樹籬在角落投下暗影。工廠裡一定有人留下來加班，通常加班不會超過八點，很少晚於九點。我不喜歡工廠。工廠早上的笛音讓人心情沈重，在五點下班時刻聽起來更加刺耳。工廠是一條惡龍，每天早上把人們吞進去，晚上吐出來的時候大家都累壞了。我不喜歡工廠，也是因為史考費德先生對爸爸做的事。

準備好了。有個女人走過來，臂下夾著陽傘，手上拿著皮包。我聽到她的鞋後跟敲擊路面的聲音。

我跑到門後躲起來，試著拉一拉襪子蛇的繩子。可以動，完美無缺。然後我小心翼翼地躲在樹籬的陰影裡，手上緊緊抓著那條線。鞋跟越來越近，越來越近，更近了——咻！——我用力拉線，那條蛇慢慢滑過街道中央。

接下來發生的事出乎我意料之外。那個女人尖叫的聲音如此之大，驚動了整條街。她把皮包和陽傘丟向空中，緊緊按著肚子，不停尖叫。

「救命啊！救命啊！……有蛇！快來人啊！救我啊！」

門一扇扇打開。我丟下所有東西，跑到屋子邊鑽進廚房，打開放髒衣服的籃子，跳進去之後把蓋子闔上。我的心因為恐懼而狂跳。那個女人仍然在大喊大叫。

「喔，我的天啊！我肚子裡的寶寶，六個月的寶寶要保不住了！」

我一邊起雞皮疙瘩，一邊發起抖來。

鄰居把她帶進屋內，啜泣和抱怨持續不斷。

「我不行了，我不行了！我最怕蛇了。」

「喝點橙花水吧，休息一下。男人們帶了棍棒、斧頭，還有燈籠出去追蛇了。」

只不過是一條襪子做的蛇，結果搞出這麼一場大騷動！但是最慘的還在後頭。

賈蒂拉、媽媽、還有拉拉也出去看熱鬧了。

「這不是蛇，各位。這是一條舊襪子。」

在驚慌之中，我忘了把蛇收回來。我完了。

綁在蛇身上的那條線，一路延伸到我們家的院子裡。

我認識的幾個聲音同時響起：「是他！」

現在要追捕的對象不是蛇了。他們察看了床底下，沒有。他們經過洗衣籃旁邊的時候，我連大氣也不敢喘一下。他們到外面的小房子裡去找。

賈蒂拉突然想到什麼。

「我知道了。」

她掀開洗衣籃的蓋子，揪著我的耳朵把我拎到飯廳去。

這一次媽媽很用力地打我。拖鞋高歌，我用力尖叫，希望能夠減輕疼痛，而且這樣她才會住手。

「你這個小害人精！你知不知道，肚子裡懷著六個月的身孕有多辛苦？」

拉拉尖酸地評論：「他可是花了好長的時間準備在這條街上的首演露臉呢。」

「現在給我上床去，你這個小混蛋。」

我揉著屁股走到臥室，面朝下趴在床上。幸好爸爸出去玩牌了。我在黑暗中吞下剩餘的眼淚，心裡想著，床鋪真是治療竹筍炒肉絲的最佳良伴啊。

第二天早上我很早就起來了。我有兩件很重要的事要做：第一，我要到處走走看看，表現出不在乎的樣子。如果蛇還在那邊，我就撿起來藏在衣服裡，下次還可以用在別的地方。但是蛇已經不在了。要再找一條這麼像蛇的長襪，恐怕很難。

我轉身走向姥姥家。我必須和艾德孟多伯伯談談第二件事。

我知道我進門的時刻，對一個退休老人來說還很早。他應該還沒有出門去玩「動物樂」（「試試手氣」，他是這麼說的）還有買報紙。

事實上，他正在客廳玩一種新的單人紙牌遊戲。

「祝福我吧，伯伯。」

他沒有回答。他在裝聾。家裡每個人都說，他不想說話的時候喜歡裝聾。這一招對我沒有用。就實際情況而言（我好喜歡這句話啊！），反正他從來沒辦法對我完全不理不睬。我扯了扯他的襯衫袖子，一如往常地想著：他那黑白格紋的吊褲帶真是好看啊！

「啊，是你啊。」他假裝剛剛沒有看到我。

「這種牌戲叫做什麼呢，伯伯？」

「叫做『鐘』。」

「好好看啊。」

我已經認識一副牌裡面所有的花色了。唯一一種我不喜歡的，是十一點的傑克。傑克看起來像是國王的僕人，我也不知道為什麼。

「你知道嗎，伯伯，我是來和你討論一件事的。」

「我這一局快玩完了，等我玩完我們再談。」

很快他就開始洗牌了。

「你贏了嗎？」

「沒有。」

他把紙牌疊成一落，推到旁邊。

「好啦，澤澤，如果你要談有關錢的事，」他搓著手說，「我已經破產了。」

「連買彈珠的一個小小的多索都沒有嗎？」

「一個小小的多索可能有吧，誰知道呢？」他面露微笑。

他把手伸進口袋，但我阻止了他。

「我是開玩笑的，伯伯，不是這件事啦。」

「那是什麼事？」

我可以感覺到他喜歡我的「早熟」。在我無師自通學會認字之後，我們兩個之間的關係更親密了。

「我想知道一件非常重要的事。你可以不唱出聲地唱歌嗎？」

「我聽不懂你在說什麼。」

「就像這樣……」我唱了幾句〈小房子〉。

「你明明是在唱歌啊，不是嗎？」

「剛剛是有在唱。但是我可以在心裡唱，不用唱出聲來。」

他因為我的天真而開懷大笑，但他還是不知道我到底想說什麼。

「是這樣的，伯伯。我小時候以為我的腦袋裡面有隻小鳥，就是牠在唱歌。」

「原來是這樣啊。你有這樣一隻小鳥很棒啊。」

「問題是，我開始懷疑到底有沒有小鳥呢？而且我開始會在自己心裡講話、看東西耶？」

他了解了，對我的困惑又笑了起來。

「我來解釋給你聽，澤澤。你知道那是什麼嗎？那表示你長大囉！你說的那個會說話、會看的東西，叫做『思想』，這是成長的一部分；有了思想，就表示那個時候快到了，那個我曾經告訴過你的……」

「懂事的年紀？」

「你記得我的話，很好。然後會發生一件很重大的事情——你的思想不斷成長、成長，逐漸控制了你的心、你的腦。你眼中所看到的一切，生活的每一個部分都受你的思想左右。」

「我知道。那小鳥呢？」

「小鳥是上帝創造來幫小小孩發現新東西用的。然後等到這個小孩不再需要小鳥了，就把鳥兒還給上帝。上帝又把小鳥放進另一個聰明的小男生身上——就像你這種小男生。這不是很美妙嗎？」

我開心地笑了，因為我有「思想」了。

「是很美妙。我要走了。」

「那多索呢？」

「今天不用了，我很忙。」

我沿街走著，想起了一件讓我很難過的事。托托卡以前有一隻會唱歌的鳥，是一隻非常漂亮的雲雀。牠很溫馴，在你把鳥食放進籠子裡的時候，牠會停在你的手指上。籠門不關牠也不會飛走。有一天托托卡把牠留在室外，結果給大太陽曬死了。我還記得托托卡把牠的小小屍體捧在手心，用臉頰磨蹭著，一直哭一直哭。然後他說：「我再也不會、永遠不會抓鳥了。」我在旁邊說：「托托卡，我也不會。」

到家之後我直接走向米奇歐。

「小魯魯，我們來做一件事。」

「什麼事？」

「我們來等待。」

「好。」

我坐下來，把頭靠在他細小的樹幹上。

「我們在等什麼呢，澤澤？」

「等一朵非常漂亮的雲飄過天空。」

「為什麼？」

「我要放我的小鳥走。對，我要放走牠。我不再需要牠了。」

我們一直看著天空。

「是那一朵嗎，米奇歐？」

那朵雲很大，緩慢地移動著。邊緣呈鋸齒狀，像一片白色樹葉。

「就是它了，米奇歐。」

我興奮地站起來，掀開上衣。我感覺到牠離開了我瘦弱的胸膛。

「飛吧，我的小鳥。飛高一點，往上飛去停在上帝的手指上。上帝會把你送給另一個小男生，你就可以繼續唱出美妙的歌曲，就像你一直以來唱給我聽的一樣。再見了，我美麗的小鳥！」

我感到胸口空了一塊，是一塊永遠無法填補的空白。

「你看，澤澤，牠停在那朵雲的手指上了。」

「我看到了。」

我把頭靠在米奇歐的胸膛，看著那朵雲飄遠。

「我從來沒有對牠不好。」

我把臉轉開，背對著他的枝幹。

「小魯魯。」

「怎麼啦？」

「如果我哭了，會不會很醜？」

「哭怎麼會醜呢，小傻瓜。為什麼這樣問？」

「我不知道。我還不太習慣。感覺心裡面好像變得很空……」

葛蘿莉亞很早就把我叫起來。

「讓我看看你的指甲。」

我把手伸給她看，她點頭表示通過檢查。

「現在看看你的耳朵——喔，澤澤！」

她把我領到洗衣盆前面，拿一條布沾上肥皂水，把髒東西給掏出來。

「我從來沒看過哪個人自稱是皮納傑戰士，卻渾身髒兮兮地到處跑！去穿上鞋子，我來替你找些像樣的衣服。」

她到我的抽屜翻找了一遍，又再翻了一遍；看得越久，找到的東西越少。我所有的褲子不是破了洞，就是裂了口子，或是有縫縫補補的痕跡。

「不用聽你說話，只要看看這個抽屜，就可以知道你是個多麼可怕的小孩了。把這穿上，這是最像樣的一件。」

然後我們一起出發。我就要進入那美妙的世界了。

學校附近有好多家長牽著小男生的手要去註冊。

「你可別出醜，不要忘記任何事喔，澤澤。」

我們坐的房間裡塞滿了男生，大家互相張望，直到輪我們進校長室。

「這位是妳的弟弟嗎？」

「是的，女士。家母不能來，因為她在城裡工作。」

她仔細看著我。她的眼睛透過厚厚的鏡片顯得又大又黑。奇怪的是，她竟然有男生的鬍髭！一定是因為這樣，她才能當校長。

「他會不會太瘦小了？」

「他和同年齡的小孩比起來是瘦小了點，但是他已經能識字了。」

「你幾歲了呢，小男生？」

「到二月二十六號我就六歲了，女士。」

「很好。那我們來填表格吧。首先是家長姓名。」

葛蘿莉亞報了爸爸的名字，接著報媽媽的名字時，她說：「愛斯塔法尼亞・德維斯康塞羅。」

我不假思索地糾正她：「是愛斯塔法尼亞・皮納傑・德維斯康塞羅。」

「這是怎麼回事？」

葛蘿莉亞紅了臉。「還要加上皮納傑。媽媽是印地安人的女兒。」

我很得意。我一定是學校裡唯一一個有印地安名字的學生。

葛蘿莉亞在一張紙上簽了名後，躊躇著不肯離去。

「還有什麼事嗎，小姐？」

「我想問一下制服的事……您知道的，家父失業了，家裡的經濟狀況很差。」

校長叫我轉過身好看清我的身高尺碼，結果看到了我身上的補丁，證實葛蘿莉亞所言不虛。

她在一張紙上寫了個號碼，叫我們到裡面去找尤拉麗雅太太。

尤拉麗雅看到我個子這麼小也很驚訝，她拿出最小號的制服讓我穿上，結果看起來像套了個麵粉袋。

「只有這一件了，還是太大。這個孩子個子這麼小……」

「我會帶回去改短的。」

我拿到兩套免費的制服，快樂地離開學校。我開始想像，米奇歐看到我穿上新制服會是什麼樣的表情。

之後幾天我向他報告大大小小的事；學校裡是怎樣的、又不是怎樣的。

「校工會敲一個很大的鐘，但是沒有教堂裡的鐘那麼大，你知道吧？所有人走到一個很大的露台上，去找自己的老師。老師讓我們四個一列排好隊，然後所有人乖乖地進教室，像綿羊一樣。我們座位的桌子有蓋子，可以打開來把所有課本文具放進去。我要學很多愛國歌曲，因為老師說，要做一個堂堂正正的巴西人和『愛國者』，就要學會我們國家的歌曲。我學會了以後就可以唱了，是吧，米奇歐？」

嶄新的經驗。內在的衝突。上學就是發現全新的世界。

「小女孩，妳拿著那朵花要去哪裡？」

她看起來乾乾淨淨的，手上拿著課本和筆記本，梳著兩條辮子。

「我要帶給我的老師。」

「為什麼呢？」

「因為她喜歡花。每個好學生都會帶一朵花給老師。」

「男生也可以帶花嗎？」

「如果他喜歡那個老師就可以啊。」

「真的嗎？」

「真的。」

我的老師希西莉亞・潘恩小姐連一朵花都沒收到過，一定是因為她長得很醜。要是她的眼皮上沒有那一小塊胎記，看起來就不會那麼醜了。但是她是唯一會在休息時間給我零錢，讓我去糕餅店買包餡小煎餅的老師。

我開始注意其他教室，發現每一張講桌上的玻璃花瓶裡都有花。只有我們教室的花瓶一直是空的。

我還學會一種刺激的遊戲。

「你知道嗎，米奇歐，今天我抓到一隻蝙蝠耶。」

「你上次說的那個路西安諾飛過來和你一起住了嗎？」

「不是啦，別傻了，我說的蝙蝠是可以坐的那種。玩『抓蝙蝠』的時候，要先注意學校附近有沒有開得很慢的車子，然後跳上去抓住車子後面的備胎搭一段順風車，超級好玩的。等車子要轉彎時會停下來，我們就跳下車。但是要很小心，因為如果在車速很快的時候跳下來，就會屁股落地、手臂擦傷，痛得要死。」

我喋喋不休地告訴米奇歐課堂上和休息時間發生的每一件事。當我告訴他在閱讀課上，希西莉亞‧潘恩小姐說我是全班讀得最好的，我可以看出他十分以我為榮。然後我突然搞不清楚到底該說「讀得好」還是「閱得好」，於是決定有機會要問問艾德孟多伯伯。

「不過說到蝙蝠——現在你知道是什麼了吧，米奇歐——坐蝙蝠幾乎和坐在你身上騎馬一樣棒呢。」

「但是你騎我不會有危險。」

「不會嗎？你忘了我們上次玩獵牛遊戲的時候，你瘋狂地急馳過西部原野的樣子了嗎？」

他不得不同意，因為他從來就辯不贏我。

「但是有一輛車，米奇歐，有一輛車一直沒人敢上去抓蝙蝠。你知道是哪一輛車嗎？就是那個葡萄牙人麥紐‧瓦拉達赫的大車。你有聽過比這更難聽的名字嗎？麥紐‧瓦拉達赫……」

「是啊。但是我想也許你……。」

「你以為我不知道你在想什麼嗎？但是現在我暫時不想。我還要多多練習……然後再去冒險。」

日子就這樣在歡樂中度過。有一天早上我帶了一朵花給希西莉亞・潘恩小姐，她非常感動，稱讚我是個小紳士。

「你知道『紳士』是什麼嗎，米奇歐？」

「紳士是很有禮貌的人，就像王子一樣。」

每一天我都更加喜歡學校生活，更加投入其中。學校裡沒有人抱怨過我。葛蘿莉亞說，我把小惡魔關在抽屜裡，變成另一個人了。

「你覺得我有變好嗎，米奇歐？」

「我想大概有吧。」

「那好吧，我本來要告訴你一個祕密的，現在不講了。」

我賭著氣走開，但是他並不在意，因為他知道我的怒氣絕對不會持續很久。

這個祕密會在當天晚上發生，我的心臟緊張到快要蹦出胸口來了。我等了好久好久，工廠才終於鳴笛，下班的人們緩緩從我眼前走過。又等了好久好久，才等到夏天的太陽下山，黑夜降臨。連晚餐時間都來得特別慢。我待在工廠大門口東看西看，心裡面沒有蛇，也沒有任何念頭。我坐在那兒等媽媽。就連賈蒂拉都好奇地問我，是不是吃了不熟的水果肚子痛。

媽媽出現了！不可能是其他人，世界上沒有人像她一樣。我跳起來跑過去。

「祝福我吧，媽媽。」我吻了她的手。

就算在昏暗的街燈下，我也看得出她很累，整張臉垮了下來。

「妳今天工作累不累，媽媽？」

「很累，兒子。織布機旁邊好熱，沒有人受得了。」

「袋子給我拿，妳累了。」

我背起裡面裝著空午餐盒的袋子。

「今天又到處惡作劇了嗎？」

「只有一些些而已，媽媽。」

「你為什麼要出來接我呢？」她猜想著。

「媽媽，妳有沒有至少喜歡我一點點？」

「我愛你和愛其他兄弟姊妹一樣多。為什麼這樣問？」

「媽媽，妳知道巴塔喬卡的外甥納丁歐嗎？」

「我記得。」她笑了起來。

「妳知道嗎，他媽媽幫他做了一套好漂亮的西裝。深綠色，上面有細細的白色條紋。裡面有一件背心，扣子扣到脖子，但是他穿太小了，他又沒有弟弟。他說他想賣掉這套衣服……妳可以買下來嗎？」

「唉，我的兒啊！家計已經很困難了！」

「但是他可以讓我們分兩次付。而且又不貴，比買布料還便宜。」我把當鋪老闆雅各的話搬出來。

她不說話，默默計算著家裡的花用。

「媽媽，我會努力當班上最用功的學生。老師說我可以得榮譽獎。買下來嘛，媽媽。我好久沒有新衣服了……」

她的沈默轉為痛楚。

「妳看，媽媽，如果不買這套衣服，我就沒有當詩人穿的衣服了。拉拉可以用她的一塊綢布幫我做個領結……」

「好啦，兒子。我會加班一個禮拜，幫你買那套小西裝的。」

然後我親吻她的手，把臉貼著她的手心，就這樣一路走到家門口。

我就是這樣得到我的詩人裝。穿起來非常帥氣，艾德孟多伯伯還帶我去拍了張照片。

上學，摘花，摘花，上學……

一切都很順利，直到哥多腓多校長走進我們教室為止。他先為了打斷上課而向大家致歉，然後跑去和希西莉亞・潘恩小姐說話。我看到他指著玻璃花瓶裡的花，然後他就走了。老師用傷心的眼神看著我。

下課的時候，老師叫住了我。

「等一下，我想和你說話，澤澤。」

她一直在整理包包，看得出來她其實不想和我說話，想從她的東西之中找出勇氣。然後她終於下定決心。

「哥多腓多校長跟我說了一件有關你的不好的事，澤澤。是真的嗎？」

我肯定地點點頭。

「是關於花的事嗎？是的，女士，沒錯。」

「你是怎麼做的？」

「我早早起床，到賽金歐家的花園旁邊等著，等大門一打開，我就趕快溜進去偷一朵花。但是他們家有好多花，根本看不出來少了一朵。」

「是沒錯，但這是不對的。你不應該再做這種事了。這雖然不是嚴重的偷竊，但仍然是一種未經允許拿別人東西的行為。」

「不對，不是的，希西莉雅小姐。這個世界不是上帝的嗎？這個世界上的所有東西也都是上帝的啊！所以這些花也該是屬於上帝的……」

她聽到我的邏輯後吃了一驚。

「只有用這種方法我才能拿到花，老師。我們家沒有花園，又沒錢買花。我不希望妳的桌上老是擺著一個空瓶子。」

她哽咽了。

「偶爾您會給我錢買包餡小煎餅，不是嗎？」

「我可以每天都給你錢，但是你……」

「我不能每天拿錢。」

「為什麼？」

「因為還有其他窮學生沒有點心吃。」

她拿出一條手帕擦眼睛。

「您看過可魯金哈嗎？」

「誰是可魯金哈?」

「是一個個子和我差不多的黑人小女生，她媽媽總是把她的頭髮紮成小捲。」

「我知道，是多洛提拉。」

「就是她，沒錯，女士。多洛提拉比我還窮。其他女生不喜歡和她玩，因為她是黑人，又很窮。所以她總是躲在角落。我把您給我的煎餅分一半給她。」

這一次她的手帕在鼻子上停留了許久。

「您有時候可以直接把錢給她，不用給我。她媽媽替人洗衣服，家裡有十一個小孩，都還很小。每到週末我的姥姥會給他們一些豆子和米應急。我把煎餅分給她，是因為媽媽教我們，要和那些比我們更窮的人分享我們所擁有的東西。」

她的眼淚在臉上奔流不止。

「我不是故意把您弄哭的。我保證不會再偷花了，而且要做個更好的學生。」

「不是這個意思。澤澤，你過來。」

她拉起我的手。

「你要答應我一件事，因為你有一顆美麗的心，澤澤。」

「我答應，但是我不想騙您。我沒有美麗的心。您會這樣說是因為您不知道我在家裡的樣子。」

「那不重要。就我所看到的，你的心很美麗。從現在起我不要你再帶花給我了，除非有人給你花。你可以答應我嗎？」

「我答應，女士。那花瓶呢？會不會一直空著？」

「那個花瓶永遠也不會空。每當我看到它，就會看到世界上最美麗的花朵。我會想到：送我這朵花的，是我最好的學生。好嗎？」

然後她笑了，放開我的手溫柔地說：「現在你可以去玩了，小天使。」

5 皮蛋二重唱

我們在學校學到的第一件有用的東西，就是從星期一數到星期日，所以我知道「那個人」總是在「星期二」出現。後來我還發現，如果這個星期二他去火車站另一頭的街區，再下一個星期二他就會來我們這邊。

這個星期二我蹺課了。我沒讓托托卡知道，因為這樣一來我就得送他彈珠，免得他回家告狀。那個人在教堂的鐘敲九響的時候才會出現，時間還早，所以我就在街上閒晃——當然啦，我只敢去沒有任何危險的街道。我先在教堂前停下來看聖像。那些靜止的雕像身邊圍滿了蠟燭，蠟燭火光搖曳，聖徒好像也跟著晃動。我覺得有點害怕。我沒辦法判斷當聖徒到底好還是不好，要一直保持固定的姿勢不動。

我走到聖器收藏室附近，薩凱利亞先生正把燭台上用過的蠟燭取下，換上新的。他換下來的蠟燭頭在桌上堆成小小一堆。

「日安，薩凱利亞先生。」

他停下動作，把眼鏡拉到鼻端，轉過身吸了吸鼻子道：「日安，小男孩。」

「需要我幫忙嗎？」我的眼睛貪婪地盯著那些蠟燭頭。

「除非你想礙我的事。你今天不用上學嗎？」

「我去了，但是老師沒有來。她鬧牙疼。」

「唔。」他轉過身去繼續工作。

「你幾歲啦，小朋友？」他又轉過身來，把眼鏡拉到鼻端。

「五——不對，六，六歲。不對，其實是五歲啦。」

「嗳，到底是五歲還是六歲？」

我想到學校的事，便撒了謊：「六歲。」

「那你已經可以開始上教義問答課囉。」

「我可以嗎？」

「當然可以。每週四下午三點鐘開始，你想來嗎？」

「看情況囉。如果你把蠟燭頭送我，我就來。」

「你要蠟燭頭做什麼？」

天知道魔鬼已經給了我一個好點子。我又開始撒謊。

「我要拿來塗風箏線，這樣比較牢固。」

「那就拿去吧。」

我把蠟燭頭撿起來，收進袋子裡，和筆記本、彈珠放在一起，雀躍不已。

「非常感謝你，薩凱利亞先生。」

「別忘了星期四的教義課。」

我飛也似地離開教堂。因為時間還早，所以還有空做這件事。我跑到賭場前面，等附近沒人經過，就跑到馬路對面拿蠟燭頭拼命摩擦地面。然後我跑回對街，背對著賭場四扇緊閉的大門在人行道上坐下來，等著看誰會是第一個滑倒的。

等到我幾乎要放棄的時候，突然間——碰！——我的心跳加快，是科琳納夫人，南薩蘭納的媽媽。她走出家門，拿著書本和手帕，朝教堂的方向前進。

「聖母瑪莉亞！」

她是我媽媽的朋友，南薩蘭納又是葛蘿莉亞的好朋友。我真不願見到這一幕。我衝到街角，然後回頭偷看：她摔了個四腳朝天，躺在地上不斷咒罵。

人群聚集過來，看她有沒有受傷。從她罵人的兇狠樣子看來，應該是只有一點擦傷而已。

「一定是在這附近遊蕩的小混混搞的。」

我鬆了口氣，但是還不至於沒注意到有一隻手從後面伸過來，抓住我的包包。

「是你幹的吧！難道不是嗎，澤澤？」

是奧蘭多・凱布洛德佛哥先生，他是我們的老鄰居。我說不出話來。

「是還是不是？」

「你不會到我家告狀吧？」

「不會。但是注意了，澤澤，這一次我放你走，因為那個老女人是個大嘴巴。但是你絕對不能再幹這種事，因為這很可能會害人摔斷腿的。」

我裝出全世界最乖巧的表情，然後他放了我。

我回到市場附近等那個人出現。我先晃到羅森堡麵包店，和老闆微笑打招呼。

「日安，羅森堡先生。」

他冷冷地道了日安，但是沒有賞我任何甜頭。這個狗娘養的！只有和拉拉在一起的時候，他才會給我東西吃。

就在這時，他出現了。

九點的鐘聲響起，他從不遲到。我遠遠跟著他的腳步。他走過進步街，在街角停下。他把包包放在地上，外套往後一甩搭在左肩上。好漂亮的格子襯衫啊！等我長大以後，我一定只穿這種襯衫。他的脖子上綁著一條領巾，帽子斜斜地戴在後腦杓。他那低沈的嗓音，即將為整條街帶來歡樂。

「鄉親們，快來吧！來聽最新最流行的歌曲！」他那巴伊亞（Bahian）注地方的口音好聽極了。

「本週排行榜暢銷歌曲是〈克勞帝諾〉、〈原諒〉、奇可維歐拉的最新作品，以及凡森色拉斯提諾的新進榜歌曲。鄉親們，快來學最新流行的歌曲吧！」他說話的方式簡直像唱歌一樣好聽，讓我深深著迷。

我希望他唱〈芬妮〉，他每次都會唱這首。我想把它學起來。每次他唱到「在牢房裡，我要看著你死去」這一段，我總是感動得起雞皮疙瘩。他拉開嗓子，唱起了〈克勞帝諾〉：

我上曼谷拉跳森巴，
混血女郎邀我同樂……
但我不敢隨她去，因為——
她那口子身強體壯，只怕我小命難保。

譯注：巴伊亞（Bahian），巴西東北部的一州。

我不想像克勞帝諾一樣，
為養家活口上碼頭做裝卸工……
他停止唱歌，繼續叫賣。
「最多只要四百里斯，就可以擁有六十首新歌！快來聽聽最新的探戈舞曲！」
然後是我的最愛，〈芬妮〉。
你見她獨自一人，
還來不及哭泣或嚎叫出聲，
你已無情地刺入她心窩，毫無憐憫。
他的聲音轉趨輕柔，溫柔到足以熔化最冷酷的心。
可憐啊，可憐的芬妮，她有她的好。

我向天發誓，要讓你輾轉呻吟，
在牢房裡，我要看著你死去。
你無情地刺入她心窩，毫無憐憫，
可憐啊，可憐的芬妮，她有她的好。

人們紛紛聚攏過來選購歌譜。為了〈芬妮〉，我緊緊地跟著他。

「你要買歌譜嗎，小男孩？」他轉過身來，臉上綻開爽朗的笑容。

「我一毛錢也沒有，先生。」

「我想也是。」

他拎起包包沿街往下走，一路喊著：「好聽的華爾滋舞曲都在這裡，有〈原諒〉、〈我在煙霧中等待〉、〈再見男孩〉，還有比〈國王之夜〉更棒的探戈舞曲。城裡人人傳唱〈天國之光〉，這是一首絕妙的探戈，歌詞美麗無比！」

你的眼中閃耀著天國之光，

閃亮如星辰高掛夜空。
天上人間再找不到，
如此充滿愛意的目光。

喔，在我的眼中你會看到，
我在月光下的悲情戀曲。
我的眼中清楚訴說著一段不幸的愛情……

他又唱了幾首歌，賣出幾份歌譜，然後一轉頭看到了我。他向我比比手勢。

「過來，皮蛋。」

我笑著照著他的話做。

「你可不可以不要一直跟著我啊？」

「不行，先生。世界上沒有人唱歌唱得像你那麼好。」

他受到稱讚十分高興，降低了戒心。我想我有機會達成目的了。

「可是你像水蛭一樣黏著人不放。」

「那是因為我想確認，你唱的有沒有比凡森色拉斯提諾和奇可維歐拉更好。結果確實有呢。」

「你有聽過他們唱歌嗎，皮蛋？」他咧嘴而笑。

「有的，先生。我在阿達卡度魯茲醫生兒子家的唱片裡聽過。」

「那是因為播唱片的機器老舊，說不定唱針都折彎了。」

「不是的，先生，那是一台新唱機。你真的唱的比他們好聽多了。我還想到一件事喔。」

「什麼事？」

「我要一直跟著你。唔，你告訴我每一份歌譜的價錢，然後你來唱歌，我來賣歌譜。大家都喜歡向小孩子買東西。」

「這個主意還不壞嘛，小傢伙。但是你得告訴我，你是自願幫我的忙嗎？我可沒辦法付你錢喔。」

「沒關係，我也不想要錢。」

「那你為什麼要這樣做？」

「我很喜歡唱歌，我想學唱歌。我覺得世界上沒有比〈芬妮〉更美的東西了。我還有個請求：要收工的時候，如果那天賣得不錯，可不可以送我一份沒人買的歌譜？我想帶給我姐姐。」

他摘下帽子，搔了搔頭髮被壓扁的地方。

「我有個姊姊叫做葛蘿莉亞，我想帶歌譜給她。就這樣。」

「那我們走吧！」

於是我們沿街唱著歌叫賣。他邊唱我邊學。

到了正午時分，他若有所思地看著我。

「你不回家吃中飯嗎？」他說成「匆飯」。

「等我們賣完歌譜再說。」

「跟我來。」他再次搔搔頭。

我們在塞瑞街上一家酒吧落座，他從袋子底部掏出一個大三明治，又從腰間抽出一把很嚇人的刀。他切下一塊三明治給我，然後自己喝了點甘蔗酒，又叫了兩杯檸檬蘇打。他把三明治送到嘴邊的時候，一邊仔細地打量我，看起來非常滿意。

「你知道嗎，皮蛋，你帶來了好運氣呢。我自己家裡有一打胖小子，卻從來沒想到讓他們任何一個來幫我，」他灌下一大口檸檬水。

「你幾歲啦？」

「五……六……五歲。」

「到底是五還是六？」

「我還沒滿六歲。」

「嗯，你是個聰明的好孩子。」

「所以你的意思是，下星期二我們還可以一起工作嗎？」

「如果你願意的話，」他大笑。

「我願意，但是我要得到我姊姊的同意才行。她會了解的。這個機會很棒，因為我從來沒去過車站的另外一邊。」

「你怎麼知道我會去另一邊？」

「因為我每個星期二都在注意你。這個禮拜你會出現，下個禮拜你就不出現了。所以我想，你一定是去車站的另外一邊了。」

「哇，好聰明！你叫什麼名字？」

「澤澤。」

「我是艾瑞歐瓦多。咱們握個手。」

他用長滿老繭的雙手包住我的手，表示我們要做永遠的朋友。

要說服葛蘿莉亞並不難。

「但是澤澤，一個禮拜要工作一整天，那學校的功課怎麼辦？」

我給她看我的寫作練習簿，所有習題都用心寫得端端正正，成績是優等。算術練習簿也一樣。

「還有閱讀課，葛蘿莉亞，我是全班表現最好的。」

即便如此，她還是不知道該不該答應。

「以後課堂上會重覆練習一樣的東西。那群蠢才不管學什麼都要花很多時間。」

「瞧你說的什麼話，澤澤。」她笑了。

「不管怎麼說，葛蘿莉亞，唱歌可以學到更多呢。我已經學會了『裝卸工』、『天國』、『殘酷』、『憐憫』，艾德孟多伯伯會教我這些字彙的意思。每個禮拜我還可以帶一張歌譜回來，教妳世界上最美麗的東西。」

「好吧，但是還有個問題。如果爸爸發現你每個禮拜二都不回家吃午餐，我們要怎麼跟他說？」

「他不會發現的。萬一他問了，妳就說我去姥姥家吃飯了。或說我要帶個口信給南薩蘭納，然後留在那邊吃午餐。」

聖母瑪莉亞！幸好這只是瞎掰的藉口，因為要是南薩蘭納的媽媽知道我上次對她做了什麼的話……

最後葛蘿莉亞終於答應了，因為她知道這樣一來我就沒空搗蛋，省得挨板子。而且，她也喜歡星期三下午我在橙樹下教她唱歌。

我簡直等不及下一個星期二的到來。我要去車站等艾瑞歐瓦多先生。他沒錯過火車的話，八點半就會到了。

我踏遍大街小巷，看著街頭的形形色色。我喜歡走麵包店前面的那條路，看著人群走下車站的台階。這是個擺擦鞋攤位的好地點，但是葛蘿莉亞禁止我這麼做，因為警察會來趕人，沒收我的擦鞋箱。而且那邊會有火車經過，除非艾瑞歐瓦多先生牽著我的手走天橋過鐵軌，不然我不能自己過去。

他匆匆地趕來了。自從我告訴他我喜歡〈芬妮〉之後，他相信我能夠掌握聽眾的喜好。

我們走到工廠的牆邊坐著，就在工廠中庭的前面。他打開歌曲目錄，唱每首歌的第一段給我聽，如果我不喜歡就換一首。

「這一條新歌是〈小小流浪者〉。」他開始唱。

「再唱一次。」

他重複最後一句。

「就是這一首，艾瑞歐瓦多先生，然後再多唱幾次〈芬妮〉和探戈舞曲，就可以全部賣光光啦！」

我們走在滿是陽光和塵土的街道上，就像兩隻高歌盛夏的快樂小鳥。他的大嗓門敲開了早晨的窗戶：「在此為您獻唱本週精選，也是年度最佳歌曲〈小小的流浪者〉，由奇可維歐拉主唱。」

銀色月亮升起，
高懸綠色山巒。
情郎高歌夜曲，
隨風傳送至愛人窗前。
熱情旋律響起，

吉他樂音流洩；
情郎低訴衷情，
婉轉唱出愛意。

他在此略停，點兩下頭示意，讓我那尖細微弱的童音加入：

喔，美麗的愛人，妳的身影誘惑著我。
如果能夠，我要將妳供奉祭壇，
讓妳的身影永存夢中，
讓妳流浪在我心中。

成功了！年輕女孩紛紛掏腰包，有越來越多的人們靠過來了。

我希望能賣出高一點的價錢。如果遇上的是年輕女性，我知道該如何應付。

「您的零錢，女士。」

「留著買糖吃吧。」

我還學會模仿艾瑞歐瓦多先生講話的樣子。

中午的時候，我們會走進路上經過的第一家酒吧——嚼啊！嚼啊！嚼啊！——大口大口地吃三明治，有時候配橘子水，有時候配醋栗汁。

我把手伸進口袋，把零錢掏出來放在桌上。

「拿去吧，艾瑞歐瓦多先生。」我把銅板推向他那邊。

「你真是個乖巧的小孩，澤澤。」他微笑著評論道。

「艾瑞歐瓦多先生，你以前叫我『皮蛋』是什麼意思啊？」

「在我的家鄉，也就是神聖的巴伊亞地方，皮蛋就是指肚子鼓鼓的小男孩。」

他搔搔頭，把手捂在嘴上打了個嗝。

「我在想啊，澤澤，以後你可以留著這些小零頭。畢竟我們現在是二重唱了。」

他拈起一根牙籤，零錢還留在原來的地方。

「什麼是二重唱？」

「就是兩個人一起唱歌。」

「那我可以用這些錢買瑪莉亞摩爾糖嗎？」

「錢是你的，你想怎麼花就怎麼花。」

「謝謝你，『吼伴』。」

我模仿他說話，逗得他笑了起來。我一邊吃糖，一邊看著他。

「我和你真的是二重唱嗎？」

「是啊。」

「那就讓我唱〈芬妮〉的副歌。你先大聲唱開頭的部分，然後我再加入，用全世界最甜美的聲音來唱出悲傷的段落。」

「這個點子不錯喔，澤澤。」

「那我們吃完『匆飯』回去的時候，就從〈芬妮〉開始練習。這首歌會為我們帶來好運的。」

豔陽下，我們重新開始工作。

大禍臨頭時，我們正在唱〈芬妮〉。瑪莉亞・達本哈夫人走過來，撐著陽傘，上了許多粉的臉孔像一堵白牆，看起來一副道貌岸然的樣子。她停下來聽我們唱〈芬妮〉。艾瑞歐瓦多先生用手肘輕輕推了我一下，暗示我一邊唱歌一邊往前走。

糟糕！我被可憐的芬妮迷得神魂顛倒，根本沒注意到暗示。

瑪莉亞・達本哈夫人闔上陽傘，用傘尖輕敲自己的鞋尖。等我唱完，她嫌惡地皺起眉頭，開始大聲嚷嚷：「好極了，讓小朋友唱這麼傷風敗俗的歌，真是再好不過。」

「女士，我的工作一點也不傷風敗俗。任何誠實的工作都是正當的工作，我並不以此為恥，妳了解嗎？」

我從沒看過艾瑞歐瓦多先生如此惱怒。她想找人吵架就來吧。

「這個小孩是你的兒子嗎？」

「不是的，夫人。很遺憾他不是。」

「那是你的姪子或親戚囉？」

「他和我沒有親戚關係。」

「他多大年紀了？」

「六歲。」

她看看我的身材，有點懷疑我的年齡。

「你連這麼小的小孩都要剝削，難道不感到可恥嗎？」

「我沒有剝削任何人，女士。他和我一起唱，是因為他喜歡唱歌也想要唱歌，妳懂吧。而且我有付他錢，不是嗎？」

我點頭。我恨不得他們兩個打起來，我要用頭猛撞她的肚子，看著她倒在地上，發出「碰」的一聲。

「好，我要你知道，我打算採取行動。我要告訴神父，還要告上少年法庭，我甚至會去找警察。」

這時她突然閉上嘴，眼睛因為恐懼而張得大大的——艾瑞歐瓦多先生抽出那把切三明治的大刀向她逼近。我看這下輪到她要緊張了。

「去啊，女士。但是動作要快點。我是個很好的人，但是現在我非常生氣，氣到想要割掉那些長舌女巫的舌頭，因為她們太愛管其他人的閒事了。」

她像是背後插了根掃把似的，挺得直直的走開，走到一段距離之後又轉過身來，拿起陽傘對我們指指點點：「給我等著瞧……」

「消失吧！庫克羅女巫！」

她撐開陽傘，消失在街道盡頭，身體還是僵硬得像竹竿一樣。

下午將盡的時候，艾瑞歐瓦多先生計算了今天的收入。

「今天的貨都賣光囉，澤澤。你的方法真管用。你帶給我好運呢。」

我想起瑪莉亞・達本哈夫人的事。

「她會採取什麼行動嗎？」

「什麼也不會，澤澤。她頂多會去找神父告狀，然後神父就會告訴她：『最好忘了這件事，瑪莉亞女士。這些北方來的人可不好惹。』」

他把錢收進口袋，捲起包袱。然後，按照慣例，他從褲袋掏出一張折好的歌譜。

「這個給你的小姊姊葛蘿莉亞。」

「今天真是個該死的好日子。」他伸了伸懶腰。

我們決定休息一下。

「艾瑞歐瓦多先生。」

「怎麼啦？」

「誰是庫克羅女巫？」

「我怎麼會知道呢，小朋友？那是我生氣時隨口瞎掰的。」他笑得很開心。

「你真的打算用刀刺她嗎？」

「當然沒有。只是嚇嚇她而已。」

「如果你刺了她，流出來的會是腸子還是木屑呢？」

「你說呢，澤澤？我想流出來的會是大便。」他大笑，友善地揉著我的頭。

我們都笑了出來。

「不用怕，我連隻雞都不敢殺呢。我怕老婆怕得要命，她甚至會拿起掃把打我。」

我們走到車站前，他緊握我的手說：「為了保險起見，我們還是過一陣子再去那條街吧。」

「下個禮拜再見囉，吼伴。」他更加用力捏緊我的手。

我用力點頭。他緩緩走上車站台階，一階又一階。

到了台階頂端，他對我大喊：「你是個天使，澤澤……」

我朝他揮揮手，忍不住笑了起來：「天使？那是因為他不了解我啊。」

§ 第二部 §

當聖嬰滿懷悲傷降臨

1 不打不相識

「快點，澤澤，不然你上學要遲到了！」

我坐在餐桌前喝著咖啡，啃著乾麵包，不慌不忙地細嚼慢嚥。我一如往常把雙肘撐在桌上，看著牆上的月曆。

葛蘿莉亞急得臉都紅了。她等不及所有人快快離家出門，好留她一個人安安靜靜地做家事。

「快點，你這個小惡魔，連頭髮都還沒梳呢。你真該學學托托卡，他總是按照時間準備好。」

她從客廳拿了把梳子過來，撫平我的金色瀏海。

「還有啊，這一團亂糟糟的黃色雜草根本沒什麼好梳的。」

她把我按在椅子上仔細端詳——確認我的襯衫和褲子是否還像樣。

「我們走吧，澤澤。」

托托卡和我拿起書包，裡面只有課本、練習簿和鉛筆。沒有午餐。午餐是別人家孩子的專利。

葛蘿莉亞捏捏我的書包底部，掂了掂裡面的彈珠數量，淺淺一笑。我們手上拎著網球鞋，準備走到學校附近的市場再穿上。

我們快走到街上的時候，托托卡跑開了，剩我一個人慢慢走。我身體裡那個詭計多端的惡魔早就開始甦醒，所以我很希望托托卡走快點，這樣我就可以做我想做的事了。我一心想著要去里約—聖保羅公路抓蝙蝠。一定要去抓蝙蝠。攀在汽車後面，讓風迎面吹來，呼嘯而過，是世界上最棒的事。我們全都愛極了。

托托卡教我抓蝙蝠的時候警告過我好幾千次一定要抓牢，因為跟在後面的其他車子很危險。我一點一點克服了恐懼，冒險的慾望讓我們一再挑戰更難抓的蝙蝠。

我變得非常勇敢，甚至敢跳上拉迪勞先生的車子。唯一還沒挑戰過的，就是那個葡萄牙人的漂亮大車。

那輛車好美，顯然受到精心的照顧；輪胎總是簇新，所有金屬部分都亮晶晶的，簡直可以當鏡子用。我喜歡它的喇叭聲：雄渾低沈的聲音，就像牧場上牛隻哞哞的叫聲。那個葡萄牙人開車經過的時候總是一臉嚴肅，他是所有這些美麗事物的主人，臉上帶著全世界最不悅的表情。聽說他會扁人，還會威脅要先閹了你再殺掉，所以到現在為止全校還沒有一個男生敢在他的車上抓蝙蝠。

我把這些講給米奇歐聽，他說：「真的沒有人敢試嗎，澤澤？」

「真的沒有。」

我感覺到米奇歐在笑，八成是猜到了此刻我心裡想的事。

「但是你想抓他的蝙蝠想得要命，不是嗎？」

「是啊，我真的很想。我想……」

「你想怎樣？」

這一次換我笑了起來。

「你就說吧。」

「你真的很好奇耶。」

「你一定會跟我說的。你每次到最後都憋不住。」

「你知道，我每天早上七點出門，走到轉角的時候是七點過五分。然後呢，七點十分的時候葡萄牙人會停在『悲慘與飢餓』酒吧那個轉角，下車買一包菸……這幾天等我鼓起勇氣，等到他上了車之後——轟！」

「你沒有這個膽量啦。」

「我沒有嗎，米奇歐？你等著看吧。」

我的心狂跳不已。車子停下來了，他走了出來。米奇歐故意激我的話，和恐懼及勇氣混雜在一起，在我心中翻攪。我不想去，但我的自尊催逼著我向前。我繞著酒吧走，在牆角躲躲藏藏。我把網球鞋塞進包包。我的心跳越來越劇烈，讓我擔心全酒吧的人都要聽到了。

他從酒吧走出來，完全沒有注意到我。我聽到車門打開的聲音……

「錯過這次就一輩子沒機會了，米奇歐！」

我奮力一跳，緊緊攀住輪胎，因恐懼而使出了吃奶的力氣。到學校還有很長一段路，而我已經可以看到同學們眼中羨慕我勝利的表情……

「唉喲！」

我發出尖銳刺耳的哀叫聲，使得大家都跑到酒吧門口，看看是不是有人被撞了。

現在我離地面一呎，兩隻腳懸在空中晃呀晃的。我的耳朵像燒炭一樣滾燙。我的計畫出了紕漏——在匆忙之中，我忘了要等引擎啟動以後再行動。

葡萄牙人向來凝重的表情這時顯得更加不悅，他的眼睛像要噴出火來。

「好啊，你這個吃了熊心豹子膽的小搗蛋鬼。是你幹的吧？你這個嘴上無毛的小傢伙竟然這麼敢！」

他放下我的腳，鬆開我一邊的耳朵，碩大的拳頭在我面前晃動。

「小傢伙，你以為我沒看到你每天都在偷瞄我的車子嗎？等我好好教訓你一頓之後，保證你再也不敢動鬼腦筋了。」

屈辱的感覺比疼痛更令我難受。我只想對這個禽獸大罵一長串三字經。

他的一隻手仍然抓住我的耳朵，而且好像猜到我在想什麼，作勢要用另一隻空下來的手摑我。

「說話啊！罵髒話啊！你怎麼不說話？」

我的眼裡充滿淚水，因為疼痛，也因為屈辱；因為周遭的人在看我，在笑我。

「所以，你為什麼不罵髒話呢，小混蛋？」葡萄牙人繼續激我。

胸口一陣難忍的激憤，讓我忍不住狂暴地頂回去：「我現在不打算開口，但是我的腦子在轉。等我長大以後要殺了你。」

「那就快點長大吧，你這個小流氓，我會等你的。但是在此之前，我要先給你一點教訓。」他大笑，旁觀的人跟著起鬨。

他鬆開我的耳朵，用他的腿頂我的膝蓋窩，讓我的雙腿跟著彎曲。他只打了我一下屁股，但是力氣好大，我感覺屁股都貼到肚子上去了。直到這時他才放我走。

我在人們的嘲弄聲中搖搖晃晃地逃離現場。我無意識地過了馬路，走到里約—聖保羅公路另一邊的時候，才有力氣用手揉揉臀部以減輕疼痛。狗娘養的！我會給他好看。我發誓一定要報仇，我發誓……

隨著我離開那群討厭的人越遠，痛苦也跟著減緩。學校裡要是有人知道這件事我就慘了。我該怎麼跟米奇歐說呢？最近如果路過「悲慘與飢餓」，大人們一定會賊賊地嘲笑我。我得早點出門，到另外一邊過馬路。

我憂心忡忡地走到市場。我在水龍頭下洗了腳，穿上網球鞋。托托卡正焦急地等著我。我才不要跟他講我的丟臉事。

「澤澤，你一定要幫我。」

「你幹了什麼好事？」

「你記得比耶嗎？」

「住在巴洛德卡帕尼馬街的大個子？」

「就是他。今天放學回家的時候他要堵我。你可以代替我和他決鬥嗎？」

「但是他會打死我的。」

「不會啦。你是英勇的戰士耶。」

「好吧。」

托托卡老是這樣，到處找人打架，然後把我扯進去。不過這樣也好，我對葡萄牙人的滿腔怒氣，正好可以發洩在比耶身上。

結果那天是我被打得慘兮兮，眼眶黑了一圈，手臂也傷痕累累。托托卡和其他人坐在地上加油，膝上放著我和他的課本。他們不斷吶喊，亂出主意。

「用頭撞他的肚子，澤澤。」「咬他！用指甲摳他，因為他的肥油太多了！」

「踢他的蛋蛋！」

儘管有這麼多人加油助陣、發號施令，但要不是麵包店的羅森堡先生，我大概會被撕成碎片。他從店裡的櫃台走出來，揪住比耶的襯衫領子，賞了他一巴掌。

「你丟不丟臉啊？大男生欺負這麼小的男生！」

羅森堡先生對我姊姊拉拉有種祕密的情愫。只要拉拉和我們任何一個在一起，他就會拿甜食和糖果給我們，綻開歡天喜地的笑容，金牙閃閃發光。

我還是忍不住告訴米奇歐我那可恥的大失敗。反正帶著個腫脹的黑眼圈，想藏也藏不住。爸爸如果看到我這樣，會打我的頭，然後訓托托卡一頓。爸爸從來沒揍過托托卡。我的話就會，因為我太壞了。

米奇歐總是會好好聽我說話，所以我什麼事都跟他講。他聽我說打架的事時面露嫌惡之色，我說完後他用憤怒的語調下結論：「真是個懦夫！」

「打架還不算什麼，如果你看到……」

我把抓蝙蝠的事全部告訴他，一點一滴也沒漏掉。米奇歐很佩服我的膽量，還對我說：「有一天你會討回公道的。」

「是啊，我一定會討回公道；我要去向西部牛仔明星湯姆・米克斯（Tom Mix）要左輪手槍，向佛萊德・湯普遜借『月光』，然後和卡曼契印地安人一起設陷阱。

有一天我要剝下他的頭皮，懸在竹竿上帶回家。」

不一會兒，我的怒氣漸消，我們聊起其他好玩的事情。

「小魯魯，你記不記得上次老師送我故事書《神奇的玫瑰》當好學生獎？」

我喊米奇歐「小魯魯」時，他總是很高興，因為他知道這表示我很愛他。

「記得啊。」

「我已經把書看完了。那是一個王子的故事。有個仙女送他一朵紅白相間的玫瑰，然後王子騎著一匹用黃金馬轡裝飾的漂亮馬兒出外冒險。遇到危險的時候，他就揮舞那朵神奇的玫瑰，四周就會出現一大片煙霧，然後王子就可以安全地逃走。

「說真的，米奇歐，我覺得這個故事有點蠢。要是我的話，才不喜歡這種冒險呢。真正的冒險要像西部英雄湯姆・米克斯和巴克・瓊斯（Buck Jones），還有佛萊德・湯普遜和理查・塔馬奇（Richard Talmadge）那樣。因為他們打起來很瘋，拼命開槍、揮舞拳頭……如果他們每次遇到危險，就揮動神奇的玫瑰跑去避難，那還有什麼好玩的！你覺得呢？」

「我也覺得有點蠢。」

「我想要問的是，你真的相信一朵玫瑰可以發揮這樣的魔力嗎？」

「似乎是有點奇怪。」

「那些作者以為小孩子什麼都會相信。」

「沒錯。」

我們聽到聲音，一看是路易正走過來。小弟弟真是一天比一天更可愛了。他不常哭，也不會製造麻煩。就算輪到我照顧他，我也幾乎是心甘情願。

我對米奇歐說：「我們換個話題吧，因為我要講這個故事給他聽，他會覺得這個故事很美。我們可不能破壞小孩子的幻想。」

「澤澤，我們來玩。」

「但是我已經在玩了。你想玩什麼呢？」

「我想去動物園。」

我不甚感興趣地看了看雞舍，那隻黑母雞還在，還有兩隻新的小母雞。

「現在很晚了。獅子已經睡了，孟加拉虎也睡了。這個時候動物園早就已經關門了，不賣票囉。」

「那我們去歐洲旅行。」

這個小子全部學會了，聽到什麼都能正確無誤地講出來。但問題是，我不想去歐洲旅行。我真正想做的，是待在米奇歐身邊。米奇歐不會瞧不起我，也不會取笑我腫脹淤青的眼圈。

我坐在小弟身邊，平靜地說：「等一下，讓我來想個遊戲。」

不一會兒，有個純真仙子乘著一朵白雲飛過，輕拂過枝頭樹梢，水溝邊高聳的草叢和小魯魯的葉片隨之輕輕搖動。一抹笑容浮上我那飽受凌虐的臉龐。

「是你弄的嗎，米奇歐？」

「不是我。」

「哇，好美啊。這麼說來，這是風來的時間囉。」

在我們住的這條街上，什麼事都有一定的時間──玩彈珠的時間、打陀螺的時間、收集電影明星照片的時間。放風箏的時間是所有時間裡最美的。各種顏色、各種形狀的美麗風箏飛揚在天空中的每一個角落。它們掀起了空中的戰爭——碰撞、爭執、纏繞，最後一刀兩斷。

刀片起落，斷線風箏迴旋墜落劃過長空，原本用來牽引的線和風箏尾巴糾結在一塊兒，死去的風箏纏繞在電線上，這一切都美不勝收。這是個僅為街頭兒童存在的世界，存在於班古所有的街道。還有和電力公司卡車的賽跑：車上的人氣急敗壞地拉出和電線牽扯不清的墜落風箏。風啊……風啊……

「我們來玩打獵吧，路易。」風兒捎來一個好點子。

「我不會騎馬。」

「你很快就會長大，到時就可以騎馬囉。所以來坐在這兒學騎馬吧。」

突然之間，米奇歐變成世界上最美麗的馬。風勢更強勁了，水溝邊稀疏的草變成一望無際的青翠草原。我一身牛仔勁裝，鑲著金色的綴飾。在我胸前閃耀的，是警長的星型徽章。

「來吧，小子，來吧，來吧……」

噠、噠、噠。湯姆·米克斯和佛萊德·湯普遜就在我身邊；巴克·瓊斯這次不想參加，理查·塔馬奇在拍另一部片子。

「上路吧，馬兒，像風一樣往前跑。前面來了我們的老朋友阿帕契人，小徑上揚起一陣塵灰。」

噠、噠、噠。印地安人的馬兒製造出瘋狂的聲響。

「快跑，馬兒，草原上都是野牛。開槍吧，大夥兒。碰！碰！碰！……轟！咻！咻！……箭矢呼嘯而過。」狂風、疾馳、飛奔，煙塵如雲。

「澤澤！澤澤！」路易幾乎尖叫起來。

我勒緊馬頭，放慢速度跳下來，為這場英勇戰役激動得滿臉通紅。

「發生什麼事了？有野牛跑過來嗎？」

「不是。我們玩別的嘛！有好多印地安人，我好怕。」

「但是這些是阿帕契印地安人，全都是我們的朋友。」

「但是我害怕嘛！太多印地安人了。」

2 作敵人的朋友

起初我故意提早出門，免得在葡萄牙人停車買菸的時候不小心碰上。不僅如此，我還特意在經過那個街角時，走到路的另一邊——那一邊的家家戶戶門前都有巴豆樹籬，樹蔭遮住了大半條街道。在走到里約—聖保羅公路時，我立刻拎著網球鞋快速穿過馬路，然後緊緊貼著工廠的高牆走。

但是隨著時間過去，這一切行動失去了意義。街坊鄰居的記憶很短暫，一陣子之後再也沒人記得這檔事——不過是保羅先生的兒子又挨了一頓打而已。他們譴責我的時候，就是這樣叫我的：「保羅先生的兒子……」、「保羅先生家那個可惡的小鬼……」「保羅先生那個臭小子……」那次安達萊大敗班古的足球隊，他們竟然自以為幽默地說：「班古隊簡直比保羅先生那個兒子還糟啊……」

有時候看到那輛天殺的大車停在街角，我會故意走得更慢，避免看到那個葡萄牙人（我長大以後一定要殺了他）。他總是一副目中無人的樣子，擺出全世界、全班古最豪華大車主人的架子。

後來他消失了幾天，讓我鬆了一大口氣。他一定到了很遠的地方，或是去度假了。我又像以前那樣，帶著平靜的心情上學，開始有點不確定以後是不是真的要殺了他——這樣值得嗎？可以確定的是，現在每當我跳上其他沒那麼漂亮的車子抓蝙蝠時，本來應該是快樂的心情卻沒那麼興奮了，而且耳朵熱辣辣的。

人們平凡瑣碎的生活如常進行，又到了放風箏的季節，街上充滿自由的氣息。白天的藍空中閃爍著美麗多彩的星星；起風的時候，我會暫時放下米奇歐，出去看風箏。有時在家人痛打我一頓又禁止我走出院子的時候便去找他——這種時候我不敢偷溜出去，因為連續兩頓竹筍炒肉絲我可吃不消。我會和路易國王裝飾我的甜橙樹，讓他熠熠生輝（我覺得這個形容詞很美）。

還有啊，米奇歐長高了好多，他很快、很快就會開花、結果實送我了。其他橙樹要很久才會成熟，但是這棵甜橙樹就像艾德孟多伯伯用來形容我的那個詞，非常「早熟」。後來他向我解釋這個字的意思：比其他事情先發生（不過我認為他沒有解釋地很好，他要講的意思應該就是「提早發生」）。

我找來一段一段的麻繩和被丟棄的細線，在很多瓶蓋上穿洞串起來，把米奇歐打扮一番，看他變得光鮮俊美讓我很開心。風一吹來，瓶蓋互相碰撞，看起來就像佛萊德．湯普遜戴上銀色馬刺，騎著『月光』……

學校生活也很愉快。我把所有的愛國歌曲都背起來了，最莊嚴的一首是國歌，其他還有國旗歌，和〈自由，自由，張開雙翼保護我們〉——這一首是我最喜歡的，我認為也是湯姆．米克斯最喜歡的一首。有時候我們騎著馬，不用打仗也不需要打獵的時候，他會對我說：「來吧，皮納傑戰士，唱那首〈自由頌〉吧！」

我纖細的聲音迴響在廣闊的草原上，比起每週二我幫艾瑞歐瓦多先生走唱叫賣的時候要動聽多了。

每個禮拜二我都會蹺課到街上去，等待火車載來我的好朋友艾瑞歐瓦多。他走下台階的時候，手裡抱著準備在街上販賣的歌譜，還提了兩大袋備用的。這些幾乎每次都可以賣完，讓我們倆很開心。

下課的時候，我有時會和班上的男生玩彈珠。我瞄得很準，是他們口中的「壞老鼠」。幾乎每次回家的時候，小袋子裡叮噹作響的彈珠總是一開始的三倍。

我的老師——希西莉亞・潘恩小姐——很令我感動。他們可能已經告訴過她，我是整條街上最調皮搗蛋的小惡魔，但是她不相信。她也不相信我是頂尖的髒話高手或是常挨板子的小惡棍。在學校裡我是天使，從來沒有挨過罵。她知道我們家的窘況，總是會給我零錢買點心吃。她對我實在太好了，所以我想我之所以表現那麼好，就是為了怕她對我失望。

但是他又出現了。我和平常一樣，慢慢地沿著里約—聖保羅公路走，那個葡萄牙人的大車緩緩開過我身邊，喇叭響了三聲。我看到那個怪物衝著我微笑，再度點燃我心中的怒火，又讓我想要長大以後把他殺了。我鼓起所有的自尊，皺著眉頭假裝沒看到他。

「所以，就像我告訴你的，米奇歐，每一天都這樣，真要命。他好像是故意等我經過，然後過來對我按喇叭，連按三次耶。昨天他還跟我說再見。」

「那你怎麼辦呢？」

「我才不理他呢。我都假裝沒有看到他。他一定是怕了。你看，我快要滿六歲了，很快就會變成真正的男人了。」

「你認為他想和你做朋友，是因為他怕你嗎？」

「一定是這樣沒錯。你等一下，我去拿小箱子過來。」

米奇歐長高了好多，我得用小箱子墊在腳下才構得著他的馬鞍。

「好啦，現在我們可以好好聊了。」

騎在米奇歐上面，我覺得自己是全世界最偉大的人，周遭的景色一覽無遺。我看著水溝邊長長的野草，有山雀等鳥類飛來覓食。傍晚在黑夜完全降臨之前，有隻路西安諾在我頭上盤旋，快樂地像是一架小飛機。自從上次看到路西安諾以後已經過了好多天，牠一定在其他地方找到了飛機場。

「你看到了嗎，米奇歐？尤金納家種的番石榴開始變黃，一定已經快熟了。該死的是會被尤金納太太逮到。米奇歐，我今天已經挨了三次鞭子了，所以現在才會被困在院子裡……」

但是魔鬼推了我一把，讓我忍不住溜出家門走到巴豆樹籬前。午後的微風把番石榴的香味送到我鼻端，也或許這只是我的想像。我在那兒觀察，撥開一小塊樹叢，注意聽有沒有任何聲響。這時，魔鬼在我耳邊說著：「去啊，笨蛋，你沒看到那邊根本沒有人嗎？這個時候尤金納太太一定出門去買菜了。尤金納先生已經老到又瞎又聾，什麼也看不見。就算他發現你，你也來得及逃走。」

我沿著樹籬走到水溝邊，下定了決心。我先向米奇歐打暗號，叫他不要發出任何聲音。我的心跳開始加快。尤金納太太可不好惹，天知道她的嘴巴有多大。

我摒住呼吸、踮起腳尖，一步步往前移，卻聽到她那大嗓門從廚房窗戶的方向傳來：「你要幹麼，小鬼？」

我甚至連想都沒想就回答，我是來撿球的。我飛快轉身一跳，噗通一聲跳進水溝裡。但是裡面等著我的不是球，而是一片扎進左腳的玻璃。我感到一陣劇痛，差點要放聲尖叫，但是我知道如果真的叫出聲音來，一定逃不過雙重處罰：第一，我沒遵守禁足令，擅自走出院子；第二，我跑到鄰居家偷番石榴。

我頭昏眼花，忍痛挖出酒瓶碎片。我發出微弱的呻吟，看著血和水溝的髒水混成一片。現在怎麼辦？我不知道該怎麼止血。我用力壓著腳踝減輕疼痛。真的很痛，但是我要忍耐。天色漸暗，爸爸、媽媽、拉拉就快回來了，他們任何一個抓到我都會開打——說不定三個人會分別揍我一頓。我慌亂地爬出水溝，用一隻腳跳到我的甜橙樹邊坐下。還是很痛，不過已經沒有想吐的感覺了。

「你看，米奇歐。」

米奇歐嚇得半死。他和我一樣，不喜歡看見血。

托托卡會幫我的，但是這時他會在哪裡？另一個救兵是葛蘿莉亞，她應該在廚房裡。她是唯一一個看不慣他們打我打得那麼兇的人。也許她會揪我的耳朵，再罰我關在院子裡，但我還是得試一試。

我拖拉著腳步走到廚房門前，想著該如何打破葛蘿莉亞的心防。她正在刺繡，我笨手笨腳地坐下。這次上帝是站在我這邊的。她看著我，看到我低垂著頭，決定什麼話也不說，因為我已經被罰禁閉在院子裡。我坐在那兒，雙眼含淚，用力吸氣。我注意到葛蘿莉亞盯著我看，停下了手中的刺繡活兒。

「怎麼啦，澤澤？」

「沒事，葛蘿莉亞……為什麼沒有人喜歡我？」

「因為你很頑皮。」

「今天我已經被揍了三次了，葛蘿莉亞。」

「難道不是你自找的嗎？」

「不是的，是因為沒人喜歡我，所以他們無緣無故就打我。」

葛蘿莉亞那十五歲的少女之心開始動搖，我感應到了。

「我覺得，我最好是明天在里約──聖保羅公路上被汽車撞得稀巴爛。」眼淚如泉湧般從我眼中奪眶而出。

「別說傻話，澤澤。我很喜歡你啊。」

「妳也不喜歡我。如果妳喜歡我，妳就會保護我今天不再挨打。」

「天色都已經開始變黑了，你根本沒有時間再做什麼壞事，也不會挨打了。」

「但是我已經做了。」

她放下刺繡的活兒走過來；當她看到我腳邊那一灘血時，差點尖叫起來。

「我的天啊！糖糖，這是怎麼回事？」

我贏了！如果她叫我糖糖，就表示我已經安全了。

她把我抱到膝上，再小心翼翼放到椅子上，然後迅速端來一盆鹽水跪在我腳邊。

「會很痛喔，澤澤。」

「已經很痛了。」

「我的天啊，傷口幾乎有三根指頭那麼長。你是怎麼弄的，澤澤？」

「妳不會告訴任何人吧？拜託妳，葛蘿莉亞，我保證會乖乖的，別讓他們一直打我……」

「好，我不說。但是我們該怎麼辦？大家都會看到你的腳上綁著繃帶，而且明天你也沒辦法上學，他們到最後還是會發現的。」

「我還是會去學校的。我可以穿著鞋子走到街角，這樣他們就不會發現了。」

「你得躺下來把腳抬高，否則明天根本沒辦法走路。」

她扶著我跳到床邊。

「在其他人回來之前，我先拿點東西給你吃。」

她拿食物進來的時候，我忍不住親了她一下。我是很少做這種事的。

大家回來吃晚餐的時候，媽媽發現我不見了。

「澤澤呢？」

「他去睡了。他今天一直犯頭痛。」

我興奮地豎起耳朵，甚至忘了傷口的疼痛。我喜歡成為談話中的主角。然後葛蘿莉亞決定為我說話，她的抱怨同時帶著譴責的語氣：

「我認為大家都在輪流打他，他今天完全崩潰了。一天打三次太過分了。」

「但他是個小害人精。他只有挨打後才肯安靜下來！」

「難道妳敢說妳沒打過他？」

「很少。我最多拉他耳朵。」

他們不說話了，葛蘿莉亞繼續為我辯護。

「不管怎麼說，他還不滿六歲呢！雖然他很調皮，可是他還是個小小孩啊！」

這段談話讓我覺得好幸福。

葛蘿莉亞一邊苦惱著，一邊幫我穿上衣服和網球鞋。

「你能走嗎？」

「我可以的。」

「你不會跑到里約─聖保羅公路上做傻事吧？」

「我不會的。」

「你昨天說的是認真的？」

「不是。只是想到沒人真心喜歡我，就很難過。」

她用手指梳著我的金髮，然後讓我出門上學。

原本我以為最困難的部分是走到公路這一段，等脫掉鞋子就會比較不痛。但是我的光腳接觸到地面之後，我發現必須扶著工廠的牆壁慢慢走才能前進。以這種速度我永遠也到不了學校。

然後又來了──喇叭響了三聲。真丟臉！我都快痛死了，他還要來嘲弄我……

車子在離我很近的地方停下來，他走下車問我：「嘿，小傢伙，你的腳受傷啦？」

我本來想回說這不關你的事，但是因為他沒有像上次一樣叫我小混蛋，所以我決定不說話，繼續往前走。

他發動車子，超越我，然後停在靠牆的地方。車身有點偏離公路，擋住了我的路。他打開車門走下車，巨大的身軀讓我無處可逃。

「痛得厲害嗎，小傢伙？」

一個扁過我的人，怎麼可能用這麼溫和，甚至可以說是友善的聲音對我說話？他走近了點，毫無預兆地彎下肥胖的身體，臉對著臉盯著我。他的微笑如此和善，使他整個人看上去似乎很親切。

「看起來你好像傷得很嚴重，對不對？發生什麼事了？」

「一片玻璃。」我吸了吸鼻子。

「很深嗎？」

我用手指比出傷口尺寸。

「啊，那很嚴重耶。你為什麼不待在家裡休息？你好像正要去上學，對吧？」

「家裡沒人知道我受傷了。如果他們知道了會狠狠教訓我一頓……」

「來吧，我載你一程。」

「不用了，先生，謝謝你。」

「為什麼呢？」

「學校裡每個人都知道上次那件事了。」

「但是你這樣根本沒辦法走路啊。」

我低下頭承認他說的是事實，同時感到我那微薄的自尊即將碎成片片。

他抬起我的頭，托著我的下巴。

「讓我們忘了那些事吧。你坐過汽車嗎？」

「從來沒有，先生。」

「那我來載你。」

「不行，我們是敵人。」

「就算是敵人，我也無所謂。如果你覺得不好意思，我可以在快到學校時放你下車。你覺得怎麼樣？」

我太興奮了，沒辦法回話，只能點頭表示同意。他把我抱起來，打開車門，小心地把我放在座椅上。他自己坐進駕駛座，發動引擎前又對我笑了一下。

「你看，這樣好多了吧。」

車子平滑地往前跑，間或輕輕地顛簸；這種愉快的感覺讓我閉上眼睛開始幻想。比起佛萊德・湯普遜的「月光」，這台車子更平穩、更棒。但是我的幻想並沒有持續很久，因為我一張開眼睛，就發現已經快到學校了。我看到成群的學生走進校門，便驚恐地滑到座椅下，把自己藏起來。我緊張地開口：

「先生，你答應過會在學校前停下來。」

「我改變主意了。你的腳不能放著不管，可能會得破傷風。」

我根本不敢問「破傷風」是什麼東西，雖然這個詞聽起來很優美、很艱深。我也知道就算我說我不想往前進也沒用。車子轉上卡辛哈街，我坐回原先的位置。

「我看你是個勇敢的小大人。現在我們來看看你是不是真的很勇敢。」

他把車停在藥房前面，抱著我走進去。阿達卡度魯茲醫生招呼我們的時候，我怕得要命，他幫工廠裡的人看病，和爸爸很熟。他看著我的眼睛問話的時候，我更害怕了：「你是保羅‧德維斯康塞羅的兒子，對吧？他找到差事了嗎？」

我必須回話，雖然我萬分不情願讓葡萄牙人知道我爸爸失業了。

「他還在等。他們答應給他很多機會……」

「我們來看看這裡怎麼樣了。」

他揭開黏在傷口上的碎布，發出了一聲意味深長的「嗯」。我的臉皺成一團，就要哭出來了，還好有葡萄牙人在我身後。

他們讓我坐在鋪了白布的桌子上，拿出很多工具。我開始發抖——但是沒有抖很久，因為葡萄牙人讓我把背靠在他胸口，堅定但溫和地扶著我的肩膀。

「不會很痛的。等弄完我帶你去喝汽水、吃糖果。如果你不哭，我就買有明星頭像的那種糖果給你。」

所以我鼓起全世界所有的勇氣，眼淚直流，但是我任他們擺布。他們把傷口縫起來，還給我注射了一針「破傷風疫苗」。我忍住了想吐的衝動。葡萄牙人緊緊地抓住我，好像希望能夠分一點疼痛過去給他。他用手帕擦去了我滿頭滿臉的汗水。

手術好像永遠不會結束，不過最後終於結束了。

他抱我上車的時候很高興，兌現了他承諾的糖果汽水，但是我根本沒有心情享受，感覺他們把我的靈魂從腳底給抽走了……

「現在你沒辦法上學了，小傢伙。」

我們坐在車裡。我坐得離他非常近，近到挨著他的手臂，幾乎可以說是妨礙駕駛了。

「我載你到你家附近。回去時編個理由吧。你可以說你下課的時候受傷了，老師帶你去藥房……」

我感激地看著他。

「小傢伙，你是個勇敢的小大人。」

我忍著痛微笑，在痛楚中我發現了一件重要的事：葡萄牙人已經成為這個世界上我最喜歡的人了。

3 葡仔老兄

「你知道嗎，米奇歐，我已經打聽出每一件事情了。每一件事情喔。他住在巴洛德卡帕尼馬街的盡頭，那輛大車就停在房子旁邊。他有兩個鳥籠，一籠裡面養著金絲雀，另一籠是藍知更鳥。我一大早背著鞋箱過去，假裝沒什麼事的樣子。我去是因為我非常想去，米奇歐，我甚至忘了鞋箱有多重。然後，我仔細研究了那棟房子，我覺得只有一個人住在裡面實在太大了。那時他人正在屋子後頭的水槽那兒刮鬍子。

「我拍了拍手。

「『要擦鞋嗎？』

「他走過來，臉上都是肥皂沫，已經刮好一小塊了。

「『啊！是你啊！進來吧，小傢伙。』他笑著說。

「我跟著他走過去。

「『等我弄完。』

「然後他繼續『擦、擦、擦』地刮鬍子。我心想等我長大，成為一個男人的時候，我也要有可以刮的鬍子，像那樣『擦、擦、擦』地刮……

「我坐在我的小鞋箱上等。他從鏡子裡看著我。

「『今天不用上學啊？』

「『今天是國定假日，所以我出來擦鞋，想賺幾個里斯。』

「『哦！』

「他繼續動作，然後在水槽前彎身洗臉，用毛巾擦乾。他的臉發出紅潤的光芒。然後他又笑了。

「『你願意和我一起喝杯咖啡嗎？』

「我說我不想，但是其實我很想。

「『進來吧。』

「米奇歐，我真希望你能看到，他家的每一樣東西都那麼乾淨整齊，餐桌上鋪著紅色格子的桌巾，還擺著一個真正的咖啡杯，不是我們在家用的那種馬克杯喔！他說他出門上班的時候，有個黑人清潔婦每天會去收拾屋子。

「『如果你喜歡的話，可以學我，把麵包浸在咖啡裡吃。但是吞下去的時候不要發出聲音，這樣很難看。』」

我停下來看著米奇歐，他像稻草人一樣安靜無聲。

「怎麼啦？」

「沒事。我在聽啊。」

「聽著，米奇歐，我不希望和你吵。如果你不高興，最好是馬上告訴我。」

「沒什麼，只是現在你只愛玩葡萄牙人的遊戲，都沒有我的份了。」

我陷入沈思。他說的對，我從來沒想過他沒辦法參與。

「從現在算起兩天之後，我們就可以見到巴克・瓊斯了。他正在很遠的莽原上打獵，我請蹲牛酋長送了口信……米奇歐，你說應該是『莽原』還是『芒原』啊？我看電影的時候沒聽清楚。等我去姥姥家的時候再問艾德孟多伯伯好了。」

又是一陣沈默。

「我們說到哪兒啦？」

「把咖啡浸在麵包裡。」

我大笑。

「是『把麵包浸在咖啡裡』啦，你這個呆瓜——然後我和葡萄牙人都沒說話，他仔細打量著我。

「『你真的很努力，終於找到我住的地方了。』

「我有點措手不及，決定實話實說。

「『先生，如果我說實話，你不會生氣吧？』

「『不會。朋友之間是沒有祕密的。』

「『其實我來這邊並不是要擦鞋的……』

「『我知道。』

「『這裡沒有灰塵，沒有人要擦鞋；只有住在里約—聖保羅公路附近的人才需要擦鞋。』

「『所以你可以不用背這麼重的傢伙過來，不是嗎？』

「『如果不是背著鞋箱，他們就不會讓我出遠門，只能待在我家附近。得三不五時回家露個臉，你懂吧？要到比較遠的地方，就得假裝是要去工作。』

「他因為我的邏輯而發笑。

「『如果是去工作的話，家裡的人就知道我不會去惹麻煩討打了。』

「『我不相信你有你說的那麼壞。』

「『我根本一文不值。我壞透了。聖誕節那天為我降臨的是小惡魔，所以我什麼禮物也拿不到。我是個害人精、小壞蛋，是小狗、是沒用的人。我姊姊說，像我這樣的壞東西根本不應該出生。』我的神情很認真。

「他詫異地抓抓頭。

「『光是這個禮拜，我已經被揍了好多次，有幾次真的很痛。有時候根本是胡亂冤枉我。反正所有的事情都會怪到我頭上，他們就是習慣打我。』

「『你到底做了什麼壞事？』

「『一定是魔鬼在旁邊鼓動我，然後……我就放手去幹了。這個禮拜我放火燒尤金納家的圍籬；叫寇迪麗雅小姐胖鴨子，害她大發脾氣；我還把布球當足球踢，結果那個愚蠢的球飛進窗子，打破了娜西薩小姐的大鏡子。我用彈弓打破三個燈泡，還拿石頭丟艾伯先生的兒子。』

「『夠了，夠了。』他掩著嘴竊笑。

「『還沒完呢。譚特納小姐剛為院子裡的花草插完枝，我就把它們全部拔起來；又強迫羅森娜小姐的貓吞彈珠。』

「『啊！這可不行喔。我不喜歡看人虐待動物。』

「『但是那個彈珠不大，很小一顆，他們給貓通便之後就拿出來了。結果他們沒還我彈珠，反而請我吃了一頓竹筍炒肉絲。最慘的一次是我正在睡覺，爸爸拿拖鞋狠狠地打我，那時我根本不知道自己為什麼被打。』

「『那到底是為什麼？』

「『我可以告訴你。那一次我們一群小孩子一起去看電影。我們買的是二樓的票，因為比較便宜。然後我得那個……你懂吧？所以我到角落去解放，水自然就流到樓下去了。如果我到外面上廁所，就會錯過一部分電影情節，這樣不是太蠢了嗎？你也知道，男生都這樣，只要一個人這麼做，全部人都會照做。所以每個人都有樣學樣到角落去解放，結果水流成河。後來戲院的人發現了，而且馬上就知道：是保羅先生家那個男孩幹的。他們罰我一年之內不准踏進班古電影院，直到我學乖為止。那天晚上電影院老闆跟爸爸告狀，他覺得這件事一點也不有趣……』」

我講得興高采烈，但米奇歐還是悶悶不樂。

「好啦，米奇歐，不要這樣嘛。他是我最好的朋友，而你呢，毫無疑問是樹中之王，就像路易絕對是我們兄弟裡面的國王一樣。你要知道，人的心是很大的，放得下我們喜歡的每一樣東西。」

他沒有回答。

「你知道嗎，米奇歐？和你講話真的很無聊耶。我要去打彈珠了。」

起初我要求守密，只是因為我不好意思讓大家看到我坐在扁過我的人車上，後來繼續保密，則是因為有祕密是很有趣的事。在這方面葡萄牙人倒是很聽我的話。我們發了誓，到死都不能讓別人知道我們的友誼。第一是因為他不想讓所有小朋友搭車，所以如果我看到認識的人，甚至包括托托卡，就要彎下身躲起來。第二，這樣一來就沒有人會介入我們的世界。

「你從來沒看過我媽媽吧？嗯，她是印地安人，是真正的印地安人家的女兒喔。所以家裡每個人都是半個印地安人。」

「那你的皮膚怎麼這麼白？而且頭髮還是淺金色的，幾乎接近白色了。」

「我是葡萄牙這一半的啦。媽媽是印地安人，皮膚很黑，頭髮很直，家裡的小孩只有葛蘿莉亞和我是金絲貓。媽媽在英國紡織廠工作幫忙家用。前兩天她在抬線軸的時候覺得腹部很痛，痛到必須去看醫生，醫生給她一條腰帶保護脫腸的部位。你知道媽媽對我真的很好，她打我的時候只拿院子裡的小樹枝，而且只瞄準我的腿。她總是很累很累，晚上回到家的時候連話都不想講。」

車子繼續往前開，我繼續講。

「我大姊就不一樣了，男朋友不斷。媽媽要她帶我們去散步的時候，會叫她不要往街的那一頭走，因為有個男朋友在轉角等她。好啦，她往街的另一頭走，結果有另一個男朋友在等她。她的鉛筆老是不夠用，因為她不停地寫情書給男朋友。」

「到啦……」

車子開到了市場附近，他在我們講好的地方停下來。

「明天見啦，小傢伙。」

他知道我會想辦法經過他停車的地方，找他喝點飲料、買幾張小照片。我已經摸清楚他哪些時間有空了。

這場遊戲已經持續超過一個月，超過很多。我萬萬沒想到，當我告訴他聖誕節的事時，他那看起來成熟理智的臉上會露出如此悲傷的表情。他的眼眶濕潤，摸著我的頭向我保證，我再也不會有拿不到禮物的聖誕節。

日子就這樣在快樂中過去，連家人都開始注意到我的轉變：我不再那麼常惡作劇，而是常常一個人躲在後院，活在自己的小世界裡。儘管有時候惡魔會戰勝我的決心，但是我不像以前那樣滿口髒話、調皮搗蛋，街坊鄰居的生活也因此清靜許多。

只要他有空，就會開車帶我去走走。有一次兜風途中，他停下車子對我微笑。

「你真的喜歡搭『我們』的車兜風嗎？」

「這輛車我也有份嗎？」

「我所有的東西都是你的。好朋友就是這樣。」

我高興得不得了。啊，真希望我能告訴所有人，我也是這輛全世界最美麗車子的主人之一。

「你是說，我們現在完全是朋友了？」

「是啊。所以我可以問你一件事嗎？」

「可以啊，先生。」

「你長大以後還要不要殺我？」

「不，我絕對不會的。」

「但是你說過要殺我的，不是嗎？」

「那只是氣話。我絕對不會殺任何人，因為連家裡殺雞我都不敢看。而且，我發現你和他們說的完全不一樣。你絕對不是饕餮什麼的。」

他差點跳起來。

「你剛剛說什麼？」

「饕餮。」

「你知道那是什麼意思嗎？」

「我知道啊，艾德孟多伯伯教過我，他很聰明，城裡有個人要請他編字典呢。

到現在為止，他唯一沒辦法教我的就是『碳化矽』是什麼東西。」

「先不要轉移話題。我想聽你說說看，饕餮到底是什麼意思。」

「饕餮是貪吃的人。以前印地安人不是會吃人嗎？巴西歷史裡面有一張圖，就是印地安人在剝葡萄牙人的皮，準備吃了他們。印地安人也會吃敵人部落的戰士，就和食人族一樣。不過食人族生在非洲，而且喜歡吃留鬍子的傳教士。」

他放聲大笑，中氣十足，沒一個巴西人比得上。

「小傢伙，你這個小腦袋瓜是金子做的，有時候真讓我害怕。」

然後他認真地看著我。

「告訴我，小傢伙，你幾歲了？」

「要說謊話還是實話？」

「當然是實話。我不想要說謊的朋友。」

「是這樣的：其實我只有五歲，但是我要假裝是六歲，不然我就不能上學了。」

「他們為什麼要這麼快就送你去學校呢？」

「想也知道！大家都巴不得能擺脫我幾個小時。你知道什麼是碳化矽嗎？」

「你在哪裡看到這個詞兒的？」

我把手伸進口袋，在打彈弓用的小石子、小照片、陀螺繩、彈珠中摸索。

「在這裡。」

我掏出一塊金屬牌子，上面有個印地安人的肖像，他的頭上插滿了羽毛；另外一面寫著「碳化矽」。

他把牌子翻來覆去地看。

「呃，好吧，我也不知道。你在哪兒找到這個的？」

「這是從爸爸的錶上拿下來的，原本繫著一條皮帶，可以掛在褲袋邊。爸爸說那個錶要留給我繼承，但是後來他需要錢，就把它賣了。那個錶好漂亮喔。他把這塊牌子拆下送給我。我把皮帶切掉了，因為上頭有股很重的酸腐味。」

他開始用手摩挲我的頭髮。

「你是個很難懂的小男孩，但是坦白說，你讓我這個老葡萄牙人的心裡充滿了歡樂。真的是這樣。現在我們上路吧。」

「太好了。再等一下下，我要談一件非常嚴肅的事。」

「說吧。」

「我們從現在開始是朋友了，對吧？」

「毫無疑問。」

「連車子也有一半是我的，對吧？」

「有一天會全部變成你的。」

「是這樣的……」我嚥了嚥口水。

「怎麼了，你咬到舌頭啦?這不像你嘛!」

「你不可以生氣喔？」

「保證不生氣。」

「我們的友誼裡面，有兩件事我不喜歡，」話沒有想像中容易說出口。

「哪兩件事？」

「第一，如果我們兩個是好朋友，為什麼我要『先生』長、『先生』短的叫你？」

他大笑起來。

「那你想怎麼叫，就怎麼叫吧。老兄或哥們都可以。」

「哥們不好。我會把我們的所有對話講給米奇歐聽，但是如果是『哥們』的話就很難念了。『老兄』比較好聽。你不會生氣吧？」

「為什麼要生氣？這個要求很合理啊。這個米奇歐是誰？我從來沒聽說過。」

「米奇歐就是小魯魯。」

「呃，小魯魯是米奇歐，米奇歐是小魯魯，我們好像一直在繞圈圈。」

「米奇歐是我的甜橙樹，我很愛他的時候會叫他小魯魯。」

「所以你有一棵甜橙樹，叫做米奇歐。」

「他真的很了不起喔。他會和我說話，會變成馬，和我們一起奔跑——我們是巴克・瓊斯、湯姆・米克斯、還有佛萊德・湯普遜和我。老兄（這個稱呼一開始還真是不習慣），你喜歡凱梅納（Ken Maynard）嗎？」

他擺擺手，表示對西部片不怎麼熟。

「前幾天佛萊德・湯普遜介紹我認識他。我好喜歡他戴的那頂大大的皮革帽子喔，但是他好像都不會笑的樣子……」

「慢慢來，我已經被你小腦袋裡的世界給搞昏了。還有另外一件事呢？」

「另外一件事更難了，但是既然我已經叫你『老兄』，你也沒生氣……我不太喜歡叫你的名字，不是因為我不喜歡它，但是朋友之間應該……」

「聖母瑪莉亞！這次你要說什麼啊？」

「你覺得我應該叫你瓦拉達赫嗎？」

他想了想，露出微笑。

「確實不太好聽。」

「我也不喜歡麥紐。你不知道，爸爸每次講有關葡萄牙人的笑話的時候，說到『麥紐怎樣怎樣』時我有多生氣。你知道，這個老不死的從來沒有葡萄牙朋友。」

「你剛剛說什麼？」

「說我爸爸模仿葡萄牙人說話的事?」

「不是，是後面那句不好聽的話。」

「『老不死的』和『老不修』都是罵人的話嗎?」

「差不多是一樣的意思。」

「那我就努力不要說好了。所以呢?」

「問問題的人是我才對吧。既然你不想叫我瓦拉達赫，也不想叫我麥紐，那你的結論是什麼?」

「有個名字我覺得很讚。」

「是什麼?」

「在糖果店的時候，拉迪勞先生和其他人都會這樣叫你……」我露出了全世界最厚臉皮的表情。

「你是我認識最沒大沒小的人了。你想叫我葡仔，對不對?」他握緊拳頭，假裝生氣了。

「這樣比較友善嘛。」

「你喜歡這樣叫我嗎?很好，你獲得我的同意了。現在我們出發吧，好不好?」

他發動引擎，若有所思地往前開了一點，然後把頭伸出窗外，遙望路的遠方。沒有人或車過來。

他打開車門命令我:「下車。」

我聽他的話下了車，跟著他走到車後面。他指了指備胎。

「現在好好抓著。小心點。」

我讓自己就「抓蝙蝠」的定位，快樂得不得了。他上了車，慢慢開動。幾分鐘之後他停車下來看我。

「你喜歡嗎?」

「簡直像夢一樣。」

「好啦，玩夠了。我們走吧，天要黑了。」

夜晚緩緩降臨，遠處樹叢中蟲兒高聲鳴叫，唱不盡的夏天。

車子輕柔地往前滑行。

「好啦，從現在起我們不要再提以前那件事了，好嗎？」

「再也不提了。」

「我真想跟你回家，看你怎麼解釋這一整天去哪裡混了。」

「我已經想好了，我會說我去上教義問答課。今天不是星期四嗎？」

「沒人抓得到你的小辮子，你永遠都有辦法逃過去。」

然後我挪到離他非常近的位置，頭靠在他的手臂上。

「葡仔！」

「嗯……」

「我再也不離開你了，你知道的。」

「為什麼？」

「因為你是全世界最好的人。你在我身邊的時候沒人敢欺負我，我覺得心裡好像有個『幸福的太陽』。」

4 紙球飛走了

「這邊要這樣折，然後沿著折線用刀子切開。」

刀子邊緣割著紙，發出輕柔的聲音。

「現在薄薄地塗一層膠，留一點邊。像這樣。」

我正跟著托托卡學做紙球。黏好之後，托托卡用曬衣夾把紙球掛在曬衣繩最高的地方。

「等到完全乾了以後，才能作開口的部分。懂了嗎，笨蛋？」

「懂了。」

我們坐在廚房的台階上，看著要過很久才會乾的彩色紙球。然後，沈浸在教學角色裡的托托卡繼續說明：

「等你練習夠了以後再做橘色紙球。一開始先做那種分成兩截的，比較簡單。」

「托托卡，如果我自己做好紙球，你可以幫我做開口嗎？」

「看情況囉。」

他又來了，老是想趁機搜刮我的彈珠或電影明星照片。他們很詫異我怎麼能收集到這麼多。

「天啊，托托卡，你還拜託過我幫你打架耶。」

「好吧。第一個我可以免費幫你做，但是如果你第一次沒學起來，以後就要拿東西交換喔。」

「就這麼說定了。」

同時我在心裡暗暗發誓，我一定要很快學起來，讓他再也沒辦法碰我的東西。

從那個時候起，我的紙球再也沒離開過我的心裡。那是「我的」紙球。想想看，如果我告訴葡仔這是我做的，他會有多麼驕傲！小魯魯看到我拿著紙球晃啊晃的又會有多麼佩服！

我心裡轉著這些念頭，在口袋裡裝滿了彈珠和一些重複的照片，走上街頭的世界。我要賣掉這些彈珠和照片，好去買至少兩張色紙。

「快來看啊，各位！五個彈珠換一個多索，新的就像剛從店裡買來的一樣。」

沒有人理我。

「十張照片只要一個多索，連洛塔太太的店都沒這麼便宜！」

還是沒有回應。街頭頑童的世界裡根本沒有錢這種東西。我從進步街的街頭走到街尾沿路叫賣；又幾乎跑遍了整條巴洛德卡帕尼馬街，都毫無收穫。如果去姥姥家的話呢？我去了，但是姥姥不感興趣。

「我不想買照片也不想買彈珠。你最好還是自己留著吧，因為明天你就會來求我再把這些東西賣給你。」

姥姥肯定沒有錢。

我又跑回街上。我的腿沾滿了塵土，髒兮兮的。太陽就快下山了。

「澤澤！澤澤！」

比利金歐發狂似地朝我跑來。

「我一直在到處找你。你要賣什麼？」

我晃動一下口袋裡的彈珠。

「坐下來看吧。」我把要賣的東西攤在地上。

「怎麼賣？」

「五顆彈珠一個多索，十張照片也是一樣的價錢。」

「好貴。」

我快抓狂了，這個不要臉的小偷！貴？我開的價格，其他人只肯賣五張照片或三顆彈珠！我開始把東西收回口袋。

「等一下嘛。可以選嗎？」

「你有多少錢？」

「三百里斯。我最多可以花掉兩百。」

「好吧，我給你六顆彈珠和十二張照片。」

我揣著錢拔腿飛奔到「悲慘與飢餓」去。已經沒人記得「那件事」了。這個時間只有奧蘭多先生在櫃台和人閒聊；等到工廠鳴笛下班，工人們紛紛進來喝一杯的時候，就擠不進來了。

「你們有賣色紙嗎？」

「你有錢嗎？你爸的帳戶已經不能再賒欠了。」

我沒生氣，靜靜掏出了兩個多索的銅板。

「只剩粉紅色和南瓜色的。」

「只有這兩種顏色？」

「大部分色紙都被搶去做風箏了。不過什麼顏色的風箏都會飛，不是嗎？」

「我不是要做風箏；我要做我的第一個紙球。」我希望我的第一個紙球是全世界最美的紙球。

快來不及了。如果我跑去奇可佛朗哥文具店，會浪費很多時間。

「不管了，我就買這種吧。」感覺多少有點遺憾。

我挪了張椅子，讓路易國王坐在桌子旁邊看。

「你會乖乖的喔，說好了？澤澤現在要做一件很難很難的事情，等你長大一點，我就會教你，不收你任何費用喔。」

我們做著做著，天色很快開始變黑。工廠鳴笛了，我得加快速度。賈蒂拉已經開始在桌上擺碗盤。她習慣讓我們先吃，這樣我們就不會干擾其他人了。

「澤澤！路易！……」

她吼叫的聲音大得好像我們遠在木朗度似的。我把路易抱下來說：「你先去，我待會兒就來。」

「澤澤！你給我馬上過來，不然你就慘了。」

「等一下就來！」

魔鬼的心情不好啊。她一定是和哪個男朋友吵架了；不是街尾的那個，就是街頭的那個。

偏偏在這個節骨眼，膠快乾掉了，做漿糊用的粉黏在我手指上，越急越難做，好像是故意和我作對一樣。

喊叫聲越來越近，越來越大聲。光線太暗，我快要看不見了。

「澤澤！」

好吧，我輸了。她進來了，暴跳如雷。

「你把我當成你的僕人是吧？現在就給我過來吃飯！」

她像一陣暴風捲進房裡，抓住我的耳朵，把我拖進飯廳丟到餐桌前。我的怒火被點燃了。

「我不吃！我不吃！我不吃！我要做完我的紙球。」

我溜出飯廳，跑回原本的房間。

她發狂了。她跟著衝進來走向桌子──那上頭有我最美的夢──我那尚未完成的紙球被撕碎，一片片墜落。彷彿這樣還不能滿足她（我嚇得目瞪口呆，以至於毫無反應），她抓住我的手腳，把我丟到房間正中央。

「我跟你說話，你就要聽。」

我體內的惡魔鬆綁了，憤怒有如狂風暴雨般襲來，我開始反擊。

「你知道妳是什麼嗎？妳是妓女！」

「你有膽子就再說一遍。」她把臉貼近我的臉，眼中噴火。

「妓──女──」我放開喉嚨大喊。

她從衣櫥拿出皮帶，開始狠狠地鞭打我。我轉過身用手護著臉，怒氣比疼痛更甚。

「妓女！妓女！妳是婊子養的！」

她不停地打，我的身體痛得變成了一團火。然後托托卡進來了，他是來換手的，賈蒂拉因為打得太用力已經開始累了。

「殺了我吧，兇手！然後等著坐牢吧！」

她繼續打，打到我跪在地上，抱住衣櫥。

「妓女！妓女生的！」

托托卡把我拉起來，轉向他們。

「閉上你的鳥嘴，澤澤，你不能這樣罵你的姊姊。」

「她是妓女！殺人兇手！婊子養的！」

然托托卡開始狠狠打我的臉、眼睛、鼻子、嘴巴，拳頭雨點般落在耳賠子上……

葛蘿莉亞救了我一命。她那時正和鄰居羅森娜小姐聊天，聽到了屋裡的喊叫聲，風風火火地衝進來。葛蘿莉亞可不是好說話的，她看到我臉上血流如注，一把推開托托卡，甚至不在乎賈蒂拉的年紀比她大，一掌把她趕走。我躺在地板上，眼睛幾乎張不開，呼吸困難。葛蘿莉亞把我抱到臥房。我竟然沒有哭，不過路易國王代替了我，他躲到媽媽的房間裡大哭大鬧——因為他們揍我讓他覺得很害怕。

「有一天你們會打死這個小孩，到時候你們就知道了！你們這些沒心肝的怪物！」葛蘿莉亞痛斥他們。

我在床上躺下，她準備好那盆萬能的鹽水。托托卡尷尬地走進房間，葛蘿莉亞把他推開。

「滾出去，你這個膽小鬼！」

「妳沒聽到他怎麼罵人的嗎？」

「他什麼也沒做，是你們逼他的。我出去的時候，他正在安安靜靜地摺紙球。你們兩個真是沒有良心，怎麼會這樣打自己的弟弟呢？」

她替我擦拭血跡，我吐出一顆牙齒在水盆裡。火山的火被點燃了。

「你看看你幹了什麼，懦夫！你自己要打架的時候就害怕，叫他代替你上陣。孬種！九歲了還尿床。我要把你的床墊拿給大家看，還有你每天早上藏在抽屜裡尿濕的睡褲！」

然後她把所有人趕出房間，鎖上門。她點上燈籠，因為天色已經完全黑了。她脫下我的上衣，清洗我身上的污漬和傷口。

「痛不痛，糖糖？」

「這一次真的很痛。」

「我會很輕的，我最親愛的小鬼頭。你得先臉朝下趴一陣子等它乾，不然衣服黏在上面會很痛的。」

但是痛的最厲害是我的臉；不只是傷口的疼，更為了如此不必要的殘酷行為感到憤恨。

處理好傷口後，她躺在我身邊，輕撫著我的頭。

「妳看到了，葛蘿莉亞，這次我什麼也沒做。如果是我活該，我不在乎被處罰。但是我什麼也沒做啊。」

她乾澀地嚥了口口水。

「最令我難過的是我的紙球，它本來會很美的，就像路易一樣。」

「我相信那一定會是個很美麗的紙球。但是沒關係，明天我們就去買色紙，我幫你做全世界最美麗的紙球，美麗到連星星都嫉妒。」

「沒有用的，葛蘿莉亞。只有第一次才能做出美麗的紙球；如果第一次做不好，就永遠也做不好，或是根本不想再做了。」

「總有一天，我要帶你走得遠遠的，離開這個家。我們可以去住……」

她陷入沈默。她一定是想到了姥姥家，但是那邊不過是另一個地獄。所以她乾脆跳進我的幻想世界，我和米奇歐的世界。

「我會帶你去湯姆‧米克斯或巴克‧瓊斯的牧場。」

「但是我比較喜歡佛萊德‧湯普遜。」

「那我們就去他那兒。」

然後，我們這兩個無助的人開始一起輕聲哭泣。

整整兩天，儘管我很想，卻沒辦法見到葡萄牙人。他們不讓我上學，怕別人看到殘暴行為的痕跡。等到臉上消腫、嘴唇癒合，我才能重拾生活的節奏。我整天和小弟坐在米奇歐身旁，不想說話，看到什麼都害怕。爸爸威脅說，如果我敢重複對賈蒂拉說的話就要揍我。我甚至連呼吸都膽戰心驚，只能躲在米奇歐小小的樹蔭下避難，看看葡仔買給我的許多明星照片，耐心教路易國王打彈珠。他有點笨手笨腳的，不過再過幾天他應該就可以抓住訣竅了。

我對葡仔的思念越來越深，他一定很奇怪我怎麼不見了。我好想聽他的聲音，聽他用溫柔醇厚的聲音叫我「小老弟」。我也好想看看他黝黑的臉。他喜歡穿深色的衣服，總是乾淨整齊得無懈可擊；襯衫領子總是硬挺，像是剛剛燙好，還有他的格子背心，和他袖口的錨型金鍊扣。

我很快就會好起來。小孩子的傷好得快，大家都知道這句話。

有一天晚上爸爸沒出門，此外家裡就是我和路易。路易已經睡了。媽媽應該快從城裡回來了。有時候媽媽會留在紡織廠加班，所以我們只有在星期天才看得到她。

我決定待在爸爸身邊，因為這樣我就沒機會做什麼壞事了。他坐在搖椅上，呆呆地盯著牆壁。他老是不刮鬍子，襯衫也亂糟糟的；他沒去和朋友玩牌，可能是因為沒錢了。可憐的爸爸，要讓媽媽和拉拉去工作幫忙家計，心裡一定很不好受。我可以想像爸爸找工作到處碰壁，一次次失望而歸，耳朵邊不斷響著：「我們需要比較年輕的人……」

我坐在門檻上，數著牆上白白的毛毛蟲，然後把眼光轉向爸爸。

我只有在聖誕節那天早上看過爸爸這麼難過，我必須為他做點什麼。唱歌給他聽怎麼樣？如果我唱得很好聽，肯定可以讓他高興起來。我在心中回想了一遍所有會唱的曲目，想起艾瑞歐瓦多先生最近教我的一首歌；那是一首探戈舞曲，是我所聽過最美的一首歌。我開始輕聲地唱著：

我想要個裸體女郎
裸體女郎就是我想要的……
在夜晚明亮的月光下，
我想要女人的身體……

「澤澤！」

「是的，爸爸。」

我馬上站起來。爸爸一定很喜歡這首歌，希望我靠近一點唱給他聽。

「你在唱什麼？」

我重唱一遍。

我想要個裸體女郎……

「誰教你這首歌的？」他的眼光陰沈晦暗，好像快要抓狂了。

「是艾瑞歐瓦多先生。」

「我已經告訴過你，不准你跟著他到處跑！」

他從來沒說過這種話，我想他甚至不知道我幫忙艾瑞歐瓦多先生走唱叫賣。

「再唱一次那首歌。」

「那是一首摩登探戈。」

我想要個裸體女郎……

一個耳光甩在我臉上。

「再唱一次。」

我想要個裸體女郎……

又一個耳光，再一個，又來一個。眼淚不聽使喚地傾洩而出。

「繼續啊，繼續唱。」

我想要個裸體女郎……

我的臉都麻了，眼睛因為受到強大的撞擊不停地眨啊眨。我不知道應該停下來，還是該聽爸爸的話……但是在痛楚中，我決定了一件事。這是我最後一次挨打了；一定、一定是最後一次，就算要我死我也不肯再挨揍了。

他停下來，命令我再唱一遍。我不唱了。我用無比蔑視的眼神看著爸爸說：「殺人兇手！來啊，來殺我啊！然後等著坐牢吧！」

他滿腔怒火，起身離開搖椅，解下皮帶，皮帶上有兩個金屬環。他開始憤怒地叫罵：「狗娘養的！骯髒的東西！沒用的傢伙！這就是你和爸爸說話的方式嗎？」

皮帶在我身上響起強有力的哀鳴，感覺像是個長了好幾千根手指的怪物，用力打擊我身體的每一部分。我倒在地上，瑟縮在牆角，我想他是真的要殺死我。然後我聽到葛蘿莉亞的聲音，她衝進來救我了。葛蘿莉亞，家裡唯一一個和我同樣是金髮的孩子，沒有人敢打她。她抓住爸爸的手。

「爸爸，爸爸，神是愛世人的，您打我吧，不要再打這個孩子了。」

他把皮帶丟在桌上，用手摩擦自己的臉。他為自己、也為了我而哭。

「我一時糊塗了。我以為他在捉弄我，嘲笑我。」

葛蘿莉亞從地上把我抱起來的時候，我已經昏倒了。

恢復意識的時候，我正發著高燒。媽媽和葛蘿莉亞在一旁輕聲安慰著我；客廳裡很多人來來去去，連姥姥也來了。我一動就痛，後來我才知道，他們本來想叫醫生的，但又怕丟臉而作罷。

葛蘿莉亞端了她煮的湯來，想讓我喝一點，但是我連呼吸都很吃力，更不用說喝東西了。我整天昏昏欲睡，醒來之後疼痛減緩了許多。媽媽和葛蘿莉亞一直陪著我，媽媽整晚躺在我身邊，直到隔天早上才起身去上班。她向我說再見的時候，我抱住她的脖子。

「不會有什麼事的，乖兒子。明天你就會好起來……」

「媽媽……」

我輕輕地開口，說出可能是我生命中最深沈的控訴。

「媽媽，我不應該出生的。我應該像我的紙球一樣。」

她哀傷地撫摸我的頭。

「每個人生下來各有各的樣子，你也是。只是有時候你啊，澤澤，你太皮了點。」

5 卡洛塔女王陛下

過了一個禮拜以後我才完全康復。我無精打采的；不是因為痛，也不是因為精神上的打擊。家裡的人變得對我很好，好到讓我有點疑神疑鬼的，但是總感覺少了什麼很重要的東西，讓我不再是從前的我——也許是對人的信任吧。我不再相信人性本善。

我變得很安靜，什麼也不感興趣，大半時間都坐在米奇歐身旁冷眼看人生，對一切漠不關心。我不和米奇歐說話，也不聽他說話，大半時間只是溫柔地看著小弟在我身邊整天上下滑動那一百輛扣子纜車，因為我像他這麼小的時候也喜歡這種遊戲。

葛蘿莉亞對我的沈默感到擔心，她把我收集的照片和裝彈珠的袋子拿來放在我身邊，有時候我連碰都不碰。我不想去看電影，也不想出去擦鞋。事實上，痛苦仍不斷在我心裡擴散，就像一隻不明白自己為什麼被痛打的小動物……

葛蘿莉亞問起我的幻想世界。

「已經不在了。走得好遠好遠……」

沒錯，佛萊德・湯普遜和其他朋友都已經離我而去。

葛蘿莉亞並沒有發現我的內心革命。我已經下定決心以後要看別的電影，再也不看西部牛仔片或是印地安人那一類的東西。我要看浪漫愛情片，那種有很多親吻、擁抱的電影，每個人都深愛對方。我唯一的用處就是挨打，但至少我可以看其他人相愛。

我可以回學校上學的日子終於到了。我走出家門，但是沒有往學校去。我知道葡仔在「我們的」車子裡等我等了一個禮拜，他一定很擔心我怎麼不見了。就算他知道我生病了，也沒辦法來看我。我們約定過，要以生命保護兩人的祕密。除了上帝，沒有第三個人知道我們的友誼。

我走到車站前的糖果店，那輛美麗的大車停在那兒。歡樂綻放出第一線光芒，我的心迫不及待飛馳向我的想望。我真的可以見到我的朋友了。

就在這一刻，車站入口響起悠揚的笛聲，把我嚇了一跳。曼哥拉迪巴號——凶猛驕傲的鐵路之王——正奔馳而過，車廂神氣地搖晃著。乘客靠在小小的窗口往外望，每個旅行的人都很快樂。我小的時候喜歡看著曼哥拉迪巴號開過，不停向它揮手道別，直到火車消失在鐵路的盡頭。現在換成路易去揮手了。

我在糖果店的桌椅間搜索——他在那兒，坐在最後一張桌子邊。他背對著我，身上沒穿外套，漂亮的格子背心襯托著乾淨的白色襯衫長袖。

我覺得好虛弱，連走近他的力氣都沒有。拉迪勞先生幫我通報。

「你看，葡仔，是誰來了？」

他緩緩轉過身，臉上綻開一朵快樂的微笑。他張開雙臂，抱著我許久。

「我心裡有個聲音告訴我，你今天會來。」

「所以，小逃兵，這麼長的時間你都到哪兒去啦？」他仔細打量著我。

「我病得很重。」

「坐。」他拉過一張椅子。

他向侍者示意，他知道我喜歡吃什麼。但是服務生把飲料和糖果送上來的時候，我連碰都不想碰。我把頭靠在手臂上不動，感覺自己軟弱而憂傷。

「你不想吃嗎？」

我沒有回答。葡仔托起我的臉，我用力咬住下唇，但淚水仍然忍不住決堤。

「嘿，怎麼啦，小傢伙？告訴你的朋友吧……」

「我不能，在這邊不能……」

拉迪勞先生在一旁搖頭，不解這是怎麼回事。我決定說些話。

「葡仔，車子還是『我們的』，沒錯吧？」

「是啊，你還懷疑嗎？」

「你可以載我嗎？」

他聽到這個請求吃了一驚。

「如果你想，我們可以現在就走。」

他看到我的眼眶更加濕潤，便拉起我的手臂，帶我到車子裡。

他回店裡付了錢，我聽到他對拉迪勞先生和其他人說的話。

「這個孩子的家裡沒人懂他。我從來沒看過這麼纖細敏感的小男生。」

「說實話，葡仔，你真的很喜歡這個小鬼。」

「你愛怎麼想都無所謂，他是個不可思議又聰明的小傢伙。」

「你想去哪兒？」他鑽進車裡來。

「哪裡都可以，只要離開這裡就好。我們可以往木朗度開，那邊比較近，不會用掉太多汽油。」

「你年紀這麼小，怎麼這麼了解大人的煩惱啊？」他笑了。

我們家實在窮到了極點，所以我們很早就學會不要浪費任何東西，因為每一樣東西都要花錢，每一樣東西都很貴。

短暫的車程中他沒開口說話，讓我慢慢平復情緒。當一切事物都被拋在腦後，窗外出現令人心曠神怡的綠色原野，他停下車子看著我。他的微笑彌補了人間其他角落所缺乏的美好。

「葡仔，看著我的臉——不對，是我的這張狗臉。在家裡他們說我的臉是『狗臉』。我不是人，是動物。我是皮納傑印地安人，是魔鬼的兒子。」

「我喜歡看的是你的臉，不是什麼狗臉。」

「反正你看就對了。你看我被打到現在還腫腫的。」

「他們為什麼打你？」葡仔的眼睛蒙上擔憂和同情。

我原原本本告訴他事情的經過。他聽了我的話後眼睛濕潤，不知道該說什麼。

「他們無論如何不該這樣打小孩啊！你還不到六歲呢。法蒂瑪聖母在上！」

「我知道為什麼，因為我一無是處。我壞透了，所以聖誕節的時候為我降生的是小惡魔，而不是聖嬰！」

「胡說八道！你是小天使。也許你有點淘氣……」

「我壞透了，我根本不應該出生的。我前兩天這樣跟媽媽說過。」

「你不應該說這種話的。」他舌頭打結了，第一次說話結巴了起來。

「我來找你是因為我真的很需要跟你談。我知道爸爸到這個年紀還找不到工作一定很傷心。媽媽天亮前就得出門，賺錢幫忙支付家用。我姊姊拉拉很用功，但是現在也必須去工廠工作……這些都是不幸的事，但他還是不該這樣打我。聖誕節那天我答應過他，可以隨他高興打我，可是這一次實在太過分了。」

「法蒂瑪聖母啊！像這樣一個小小孩，為什麼必須承受這些苦難？我真不願見到這種事。」

他稍稍壓抑一下他的情緒。

「我們是朋友，對不對？讓我們以男人對男人的方式談話吧。唔，我想你真的不該對姊姊說那麼不好的話。事實上，你根本不該說髒話，懂嗎？」

「但是我還小，我只能用這種方式頂他們。」

「你知道那些話的意思嗎？」

我點頭。

「那你就不能也不應該說。」

他停了一下。

「葡仔！」

「嗯？」

「你不喜歡我說髒話？」

「簡單地說，對。」

「好吧，如果我沒死，我就答應你再也不說髒話。」

「很好。突然講到死不死的是怎麼回事？」

「等一下我就告訴你。」

我們再度陷入沈默，葡仔有點疑惑。

「既然你相信我，我還想知道另外一件事，是有關那首探戈。你知道歌詞是什麼意思嗎？」

「說老實話，其實我不太確定。我學這首歌是因為我什麼都想學，因為它的音樂很好聽。我連想都沒想過歌詞是什麼意思……但是他打我打得好痛、好痛啊，葡仔。沒關係……」我用力抽了一口氣，「沒關係，我會殺了他。」

「你說什麼啊，小男孩，你要殺了你爸爸？」

「對，沒錯。我已經展開行動了。殺他並不表示要拿巴克・瓊斯的左輪槍『砰！』的一下。不是這樣的，是在心裡面殺了他。因為只要你停止喜歡一個人，他就會慢慢在你心裡死去。」

「你這個小腦袋還真會想些有的沒的！」他嘴巴上這麼說，眼神還是充滿了溫情。

「但是你不是也說要殺了我嗎？」

「我是這麼說過，然後我用相反的方式殺了你——你在我心裡重生，舊的你就死了。你是我唯一喜歡的人，我唯一的朋友，葡仔。不是因為你會送我小照片、請我喝飲料、點心，或給我彈珠……我發誓我說的是實話。」

「聽好，大家都喜歡你——媽媽、葛蘿莉亞、托托卡、路易國王，甚至你爸爸……還有，你忘了你的甜橙樹了嗎？那個米奇歐，就是……」

「小魯魯。」

「對，所以……」

「那不一樣，葡仔。小魯魯只是棵小小的甜橙樹，甚至連開花都不會……但是你不一樣，你是我真正的朋友。從現在起這輛車是你一個人的，因為我是來跟你說再見的。」

「再見？」

「我是認真的。你看，他們都那麼討厭我。我已經受夠吃板子和揪耳朵了。我要也不要被當成米蟲……」

我感到喉嚨因為痛苦而打結，需要很多勇氣才能吐出所有的話語。

「所以，你要蹺家囉？」

「不是。我想了一整個禮拜，決定今天晚上要去躺在曼哥拉迪巴號下面。」

他說不出話來，用手臂緊緊圈住我，用一種只有他才會的方式安慰我。

「不可以這麼說，上帝是愛世人的。你有想像力、有聰明才智，前面還有大好的人生等著你呢。我不希望你有這個怪念頭。難道你不喜歡我了嗎？如果你說喜歡我是真的，就不應該再說這種傻話了。」

他鬆開我，看著我的眼睛，用手背擦去我的淚水。

「我非常喜歡你呢，小傢伙。比你所能想像的還要多。來嘛，笑一個。」

我笑了一笑，因為他的表白而感到放心。

「不開心的事都會過去。很快你就會變成街頭老大，因為你的風箏做得好，是彈珠王，是像巴克．瓊斯一樣厲害的牛仔……還有啊，我想到了一件事，你想知道嗎？」

「想。」

「這個週末我不去安康塔多看女兒了，她要和丈夫到佩瓜他去玩幾天。我在想啊，既然天氣這麼好，不如去關杜河釣魚吧。因為我沒有其他好朋友可以一起去，我就想到了你。」

「你要帶我去嗎？」我的眼睛亮起來。

「嗯，如果你想去的話。你不一定要答應我。」

我把臉靠在他那蓄著落腮鬍的臉上，手臂緊緊圈著他的脖子作為回答。

我們笑得很開心，把悲傷的事都忘光了。

「那是一個很漂亮的地方，我們可以帶點東西去吃。你最喜歡什麼？」

「你啊，葡仔。」

「我是說臘腸啦、蛋啦、香蕉啦……」

「我什麼都喜歡。在家裡我們學會要喜歡我們吃的每一樣東西——如果我們有東西可以吃的話。」

「那我們要一起去釣魚囉？」

「想到這件事我連覺都睡不著。」

但是有個麻煩的問題在快樂之中投下陰影。

「你要怎麼解釋說為什麼你要出門一整天？」

「我會想出理由的。」

「如果後來被他們發現呢？」

「到這個月底前沒人可以打我，他們答應過葛蘿莉亞，因為葛蘿莉亞氣瘋了。」

「真的嗎？」

「是啊。一個月之後才能打我，等我『康復』之後。」

他發動引擎，開始往回走。

「你不會再想那件事了吧？」

「哪件事？」

「曼哥拉迪巴的事？」

「過一陣子看看……」

「那就好。」

後來我才知道——拉迪勞先生告訴我的——儘管我已經答應葡仔不做傻事，他那天還是等到很晚，一直等到曼哥拉迪巴號回程經過鎮上之後才回家。

我們的車子在一條美麗的小路上前行。路面不算寬敞，也沒有鋪柏油或鵝卵石，但是沿途的樹和草原很美，更不用說豔陽和令人快樂無比的晴空了。姥姥曾經說過，幸福就是「心裡有個光輝燦爛的太陽」，這個太陽讓所有事物染上快樂的光采。如果這是真的，那藏在我胸口的太陽此時也讓所有東西變得好美……

我們輕鬆地聊著，車子緩緩向前滑行，不慌不忙，彷彿正在聆聽我們的對話。

「奇怪了，你和我在一起的時候都很乖巧聽話。你說你的老師——她叫什麼名字？」

「希西莉亞・潘恩小姐。你知道嗎，她的一隻眼睛上面有塊小胎記。」

他笑了起來。

「唔，潘恩小姐。你說她不相信你在學校外面惡名昭彰。你和小弟或葛蘿莉亞在一起的時候也很乖。那為什麼你有時候會突然變了一個人呢？」

「這就是我不懂的地方啊。我只知道，我做的每一件事結果都變成壞事，整條街的人都知道我有多惡劣。感覺好像是魔鬼一直在我耳朵邊講悄悄話，否則我怎麼可能發明這麼多惡作劇的方法，就像艾德孟多伯伯說的一樣。你知道我有一次對艾德孟多伯伯做了什麼嗎？我沒有跟你說過，對不對？」

「你沒跟我說過。」

「那是大概半年前的事了。他上北部買了個吊床回來，當成寶一樣，不肯讓我在上面躺一下，這個狗娘養的。」

「你剛剛說什麼？」

「呃，我是說，差勁的傢伙。他睡過吊床之後就收起來，夾在手臂底下帶走，好像我會偷走一塊布似的。有一次我去姥姥家，姥姥沒看到我進來。她一定正戴著老花眼鏡看報紙上的廣告。我在屋子裡面到處跑。我去看了番石榴樹，沒有結半顆果子，然後我看到艾德孟多伯伯的吊床懸掛在籬笆和一棵橙樹中間，他在上面睡得跟死豬一樣，嘴巴開開，鼾聲大作，報紙掉到地上。這時魔鬼戳了我一下，我發現口袋裡面有盒火柴。我撕下一張報紙揉成紙團，再用火柴點燃，小心不發出任何聲音，等到火焰燒到他的……

「葡仔，我可以說『屁股』嗎？」我停下來，認真地問。

「嗯，這個詞不太文雅，還是少說比較好。」

「那要說屁股的話該怎麼說呢？」

「臀部。」

「什麼部？我要學這個字，這個字聽起來很難。」

「ㄊㄨㄣˊ。一個肉字部，上面是宮殿的殿。」

「哦。火一燒到他的臀部我就跑出大門，躲在籬笆的小洞旁邊，等著看會發生什麼事。那個老頭子跳起來舉起吊床，姥姥還跑出來罵他：『我已經說過幾百次了，不要躺在吊床上抽菸聽到了沒有！』她看到報紙燒掉了，還抱怨說她還沒來得及看呢。」

葡仔快活地大笑。看到他開心我很高興。

「他們沒發現是你嗎？」

「一直沒有。我只跟小魯魯講過。如果他們發現了，會把我的蛋蛋給割掉。」

「割掉什麼？」

「呃，他們會閹了我。」

他又笑了。我們的大車沿路揚起塵土，像一片土黃色的雲。我在思考一件事。

「葡仔，你沒有騙我吧，有嗎？」

「你是指什麼，小傢伙？」

「是這樣的，我從來沒聽過有人說：不要跟在我臀部後面走。」

他放聲大笑。

「你真了不起。我也沒聽過，但是別想這個了。我們還是換個話題吧，否則最後我就不知道該怎麼回答你了。你看看風景——等一下就會看到很多大樹，我們越來越靠近河囉。」

車子轉上一條小路，一直往前開，最後停在一處空地。那裡有一棵大樹，露出巨大的根部。

「好美啊！真是美呆了！下次看到巴克・瓊斯的時候，我要告訴他，他的牧場和草原比我們這裡遜多了。」我高興得拍起手來。

「我希望能永遠看到你像這樣擁有美好的夢想，不要胡亂想什麼陰謀詭計。」

他用手揉揉我的頭。

我們下了車，我幫忙把東西搬到樹蔭下。

「你都是一個人來嗎，葡仔？」

「幾乎都是。你看到了嗎？我也有一棵樹呢。」

「它叫什麼名字，葡仔？這麼大一棵樹，一定要給它取個名字。」

他想了想，笑了出來。

「那是我的祕密，但是我可以告訴你——她叫做卡洛塔女王。」

「她會跟你說話嗎？」

「她不說話的，因為女王不會直接對臣民講話。我總是尊稱她陛下。」

「什麼是臣民啊？」

「就是要聽女王的話的人。」

「那我是你的臣民嗎？」

他忘情地捧腹大笑，笑得之盡興，在草原上掀起一陣微風。

「不是，因為我不是國王，我也不會命令你。我只會請求你。」

「其實你可以當國王，每個國王都像你一樣胖胖的。紅心國王、黑桃國王，還有梅花和方塊國王，撲克牌裡的所有國王都和你一樣帥，葡仔。」

「走吧，開始幹活了。不然我們光顧著講話，魚也別釣了。」

他拿起釣竿和一個裝滿蚯蚓的罐子，脫掉鞋子和背心。不穿背心讓他看起來更胖了。他用手指著河的一段。

「你可以在上游那邊玩，那邊水比較淺，但是不要到對面去，那邊很深。現在我要待在這邊釣魚，如果你想留下來陪我就不能說話，不然魚會被嚇跑。」

他一個人坐在那兒釣魚，我自己東看西看到處去探險。這一段河流真是美麗。我打濕了腳，在水裡看到一大堆小青蛙。我還看到沙地、鵝卵石，和順水漂流的樹葉。我想起了葛蘿莉亞教過我的一首詩：

喔，清泉，放了我吧，
花兒如此哀泣。
別帶我流向大海，
我本生於高山之巔。

喔，我的枝葉搖擺，
我的枝葉隨風搖擺。
喔，清澈的露水點點，
落下藍色天空。

清泉冷冽，
嘲弄的水聲潺潺
流過沙丘，
花兒隨之片片飄落。

葛蘿莉亞說的對，詩是世界上最美的事物。真可惜我不能告訴她，我看到一首詩的景象在我眼前活生生地上演；而且從樹上掉下來的不是花，是很多小小的葉子。這條河是不是也會流向大海呢？我可以問葡仔——不行，這樣會干擾他釣魚。

結果葡仔只釣到兩條小魚，小到讓人不忍心抓起來。

太陽已經爬得很高了，我因為四處玩耍、思考人生的道理，臉都曬紅了。這時葡仔來叫我，我像隻小山羊一樣蹦蹦跳跳地跑過去。

「你身上弄得好髒啊，小傢伙。」

「我玩了好多東西。我躺在地上、在河裡潑水……」

「我們吃點東西吧。但是你這樣不能吃，髒得像小豬一樣。來吧，把衣服脫掉，到那邊比較淺的地方洗一洗。」

但是我有點猶豫，不想照他的話做。

「我不會游泳耶。」

「不要緊。我們一起過去，我會在旁邊陪著你。」

我賴著不肯走，我不想讓他看見……

「你該不會要說，你不好意思在我面前脫衣服吧？」

「不，不是這樣的。」

躲不掉了。我轉過身開始脫衣服：先是襯衫，然後是吊帶長褲。

我把所有衣服丟在地上，轉身以哀求的眼神看著他。他什麼也沒說，但是眼中染上了震驚和嫌惡之色。我就是不想讓他看到無數次毆打在我身上留下的傷痕。

他喃喃地說：「如果會痛，就別下水。」

「現在早就不痛了。」

我們吃了蛋、香蕉、臘腸、麵包、香蕉糖——最後一項只有我愛吃。我們到河裡取水喝，然後回去坐在卡洛塔女王下面。

他正要坐下的時候，我做手勢阻止了他。

我把手放在胸前，恭敬地對著大樹說：「陛下，您的臣民——麥紐・瓦拉達赫紳士，以及皮納傑最偉大的戰士，吾等現在要坐在陛下您的樹蔭下了。」

我們大笑著一起坐下。

葡仔在地上躺成了一個大字形，把背心鋪在樹根上當作枕頭說：

「現在來睡個午覺吧。」

「但是我不想睡。」

「無所謂，我是不會放你到處跑的。像你這種淘氣鬼啊。」

他一隻手放在我胸口把我給壓住。我們躺了很久，看著雲朵在枝幹間忽隱忽現。時候到了，如果我現在不說，就永遠也說不出口了。

「葡仔！」

「嗯……」

「你睡著了嗎？」

「還沒。」

「你在糖果店對拉迪勞先生說的話是真的嗎？」

「嘿，我在糖果店和拉迪勞先生說過很多話呢。」

「是有關我的事。我在車上聽到你說的話了。」

「你聽到什麼？」

「你說你非常喜歡我？」

「我當然喜歡你。這又怎麼樣呢？」

於是我轉過身，但沒有掙開他的懷抱。我凝視著他半閉的雙眼，他的臉看起來更胖，變得更像國王了。

「不怎麼樣，但是我想知道，你是不是真的喜歡我。」

「當然是真的，傻瓜。」

他更用力抱緊我，想用行動證明他說的話。

「我很認真地在想，你只有一個女兒，住在安康塔多，對不對？」

「沒錯。」

「你一個人住在那棟房子，還有兩個鳥籠，對不對？」

「沒錯。」

「你說你沒有孫子，對不對？」

「沒錯。」

「而且你說你喜歡我，對不對？」

「沒錯。」

「那你可不可以到我家來，叫爸爸把我送給你呢？」

他激動地坐起身子，兩手圈著我的臉。

「你願意當我的小孩嗎？」

「我們出生之前沒辦法選擇父親，但是如果我可以選，就會選你。」

「真的嗎，小傢伙？」

「我可以發誓。而且，家裡少了我就少了一張嘴吃飯。我保證永遠不再說任何髒話了，連『屁股』也不說。我可以幫你擦鞋、照顧籠子裡的鳥，我什麼都會喔。我在學校也會當最棒的好學生，我願意做所有對的事情。」

他不知道該說什麼。

「如果我被送走的話，家裡每個人都會高興死了。這是一種解脫。我有個姊姊，排行在葛蘿莉亞和托托卡中間，從小就被送到北方一個有錢的親戚家，這樣她就能夠上學讀書，成為大人物了。」

仍然是一片沈默。他的眼中滿是淚水。

「如果他們不願意送我走，你可以把我買下來。爸爸一點錢也沒有，我可以打包票他會願意把我賣掉。如果他開的價碼很高，你可以分期付款，就像雅各先生賣東西那樣……」

他還是沒回答。我把身子挪開了一點點，他也是。

「你知道嗎，葡仔，如果你不想要我也沒關係。我不是故意要讓你哭的……」

他緩緩地輕撫我的頭髮。

「我不是不喜歡你，我的孩子，但是生命不能這樣一下子用力扭轉。我不能帶你離開家庭、離開你的父母，雖然我真的很想這麼做，但這是不對的。不過我可以答應你一件事——我本來就愛你像愛自己的兒子，從現在起，我更要把你當作親生兒子一樣看待。」

「真的嗎，葡仔？」我欣喜若狂地站起身。

「『我可以發誓。』你不是常常這樣說嗎？」

然後我做了一件事——這件事我平常很少也不願意對親人做——我親了他那圓圓胖胖的和藹臉頰……

6 溫柔，點點滴滴

「它們沒有一個會跟你說話，也不能讓你當馬騎嗎，葡仔？」

「一個都沒有辦法。」

「那時候你不也是小孩子嗎？」

「我是啊。但不是每個小孩都像你那麼幸運，可以聽得懂樹說的話。而且不是所有樹都喜歡說話。」

他溫柔地笑著，然後繼續說：「事實上它們不是樹，它們是葡萄藤——在你問我之前，我先解釋一下：葡萄藤就是會長出葡萄的地方。它們本來只是很粗的藤蔓，但是等到葡萄結實纍纍的時候變得美極了（他停下來解釋『結實纍纍』）。然後農人將葡萄摘下來用榨汁機做葡萄汁和葡萄酒（他又停下來解釋『榨汁機』）……」

看來，他和艾德孟多伯伯一樣有學問。

「再多說一點嘛。」

「你喜歡聽嗎？」

「非常喜歡。我真希望能夠和你聊上八十五萬二千公里，都不要停。」

「跑那麼多路要多少汽油啊？」

「假裝的嘛！」

他又告訴我農家把青草曬成乾草，還有做起司的事——他唸成「氣死」，聽起來很特別。

然後他停下來，深深吸了一口氣。

「我很快就要回葡萄牙去了，也許會在一個安靜、怡人的地方平靜地度過晚年。可能是在我家鄉東北部美麗的山林裡，靠近蒙瑞爾的福哈德拉地方。」

到這個時候我才注意到，葡仔比爸爸老很多，只是他的臉圓鼓鼓的，皺紋比較少，看起來容光煥發。有種奇怪的感覺穿透了我。

「你是說真的嗎？」

這時他才注意到我很失望。

「別傻了，那還要很久以後呢。也許這輩子都沒有機會也說不定。」

「那我怎麼辦？我好不容易才把你變成我想要的樣子耶。」我的眼中滿是淚水。

「哎，你知道的，有時候我也需要作作夢嘛！」

「可是你的夢裡沒有我。

「我所有的夢裡都有你，葡仔。我和湯姆・米克斯、佛萊德・湯普遜在大草原上閒逛的時候，我會雇一輛馬車讓你坐，這樣才不會太累。有時候在學校裡，我看著教室門口，想像你出現在那兒對我揮手……」他露出微笑，被我的話感動了。

「全能的上帝啊！我從沒見過像你如此渴望被疼愛的幼小靈魂。但是你不應該太黏我，你知道的。」

我把這一切告訴米奇歐。米奇歐的話有時候比我還少。

「事實上，小魯魯，自從他成為我的另一個爸爸以後，就變得像隻老母雞一樣婆婆媽媽的。他覺得我做的每一件事都很可愛，問題是他認為的可愛和其他人不太一樣，不像其他人老愛說：『這個男孩將來會出頭。出頭？出什麼頭？我們連班古都沒出過哩。』」

我溫柔地看著米奇歐。現在我已經知道什麼是真正的溫柔，所以我對喜歡的每一樣東西都投入溫柔。

「你看，米奇歐，我要生一打小孩以後再追加一打。其中有一打都是小孩，我絕對不打他們；另外一打會長大成人。我會問他們：你想做什麼呢，我的兒子？伐木工人？好，這是你的斧頭和格子襯衫，拿去吧。你想在馬戲團訓練獅子？很好，這是你的鞭子和表演服……」

「可是聖誕節的時候，這麼多小孩你要怎麼辦？」

米奇歐真是的！這種時候就愛打岔。

「聖誕節的時候我會有很多錢，我要買一卡車的栗子和堅果、無花果、葡萄乾，還有好多好多玩具，多到他們可以分給貧窮的鄰居。我一定會有很多錢的，因為從現在起我要變得很富有，非常富有，我還要中樂透。」

我看著米奇歐，責備他不該打岔。

「讓我說完，因為我還有好幾個小孩沒講到。好，我的兒子，你想當牛仔？這是你的馬鞍和繩索。你想做曼哥拉迪巴號的技師？這是你的帽子和哨子……」

「什麼哨子，澤澤？你這樣一直跟自己講話會發瘋的。」

托托卡走過來在我旁邊坐下，帶著友善的笑容審視我的小甜橙樹——它身上掛滿蝴蝶結和啤酒瓶蓋。他一定有企圖。

「澤澤，你要不要借我四百里斯？」

「不要。」

「但是你有錢，對不對？」

「我是有。」

「你說你不借，連問都不問我要拿錢去做什麼？」

「我會變得非常富有，這樣就可以到葡萄牙東北部去旅行了。」

「你在說什麼瘋話啊？」

「不告訴你。」

「那就收回剛剛的話。」

「我收回，而且我不要借你四百里斯。」

「你是『壞老鼠』，射的那麼準，明天去打幾場，多贏一些彈珠拿去賣，馬上就可以把四百里斯賺回來了。」

「就算是這樣，我還是不借你——你不要故意惹我喔，因為我正在努力乖乖的，不給任何人添麻煩。」

「我不想和你吵，但你是我最喜歡的弟弟，怎麼會變成無情無義的惡魔……」

「我才不是惡魔呢！我現在是沒有感情的穴居人。」

「你是什麼？」

「穴居人。艾德孟多伯伯給我看過一張雜誌上的照片，那是一種身上長了很多毛的人猿，手上拿著一根棒子。反正，穴居人就是世界剛開始時候的人，住在一個山洞叫做……不知道什麼的，我想不起來了，是個外國名字，太難記了……」

「艾德孟多伯伯不應該往你腦袋塞這麼多奇怪字彙的。你到底要不要借我嘛？」

「我還不知道有沒有呢……」

「天哪，澤澤，我們一起出去擦鞋的時候，有多少次你什麼也沒做，我卻把賺來的錢分你？有多少次你累的時候我幫你背鞋箱？……」

他說的是真的。托托卡很少對我不好，他知道最後我會借錢給他的。

「如果你借錢給我，我就告訴你兩件很棒的事情。」

我不說話。

「我還會說，你的甜橙樹比我的羅望子樹漂亮多了。」

「你真的會這樣說嗎？」

「我不是已經說了？」

我把手伸進口袋晃動錢幣。

「那兩件很棒的事是什麼？」

「你知道嗎，澤澤，我們的苦難要結束了——爸爸找到工作了！他要在聖托艾雷修工廠做事，我們家又會變有錢了。天啊！你不高興嗎？」

「我很為爸爸高興，但是我不想離開班古，我要和姥姥住在一起。要離開的話，我只去葡萄牙……」

「我知道了，你寧願和姥姥住，每天吃瀉藥，也不願意和我們走？」

對。你絕對不知道是為什麼……那另一件事呢？」

「在這邊不能說，『有人』會聽到。」

我們走到廁所附近。即使已經離開很遠他還是說得很小聲。

「澤澤，我必須先告訴你這件事，好讓你有心理準備。市政府要拓寬道路，他們會填平所有水溝，把路穿過所有人家的後院。」

「那又怎樣？」

「你這麼聰明還不懂嗎?要拓寬道路就要弄走所有這些東西。」他指著我的甜橙樹所在的地方。我嘟起嘴巴要哭了。

「你在騙我，對不對，托托卡?」

「不要這樣嘟嘴巴，還要等很久呢。」

我的手指緊張地數算著口袋裡的銅板。

「你是故意騙我的吧，托托卡?」

「完全是事實。你到底是不是男人啊?」

「我當然是啊。」

但是眼淚不聽話地沿著臉龐流下，我抱著他的腰哀求:「你會站在我這一邊，對吧，托托卡?我要召集很多人，我要抗爭。沒有人可以砍我的甜橙樹……」

「好啦好啦，我們不會讓他們砍的。現在你要不要借我錢了?」

「你要幹什麼?」

「反正他們不讓你進班古電影院——現在在放〈泰山〉耶。我看完之後會告訴你在演什麼。」

我掏出一個五百里斯的硬幣給他，一邊用衣服下襬擦眼淚。

「剩下的不用還我了，你可以去買糖果……」

我回到甜橙樹下。其實那部電影我前天已經看過了──我故意跟葡仔提起這件事。

「你想去看嗎？」

「我是想去啊，可是我不能進班古電影院。」

我提醒他上次在電影院闖的禍，他笑了。

「但是我想，如果有大人陪我一起去，就沒人會說什麼了。」

「如果這個大人是我……這就是你想說的嗎？」

我高興得眼睛一亮。

「但是我要工作啊，孩子。」

「這個時間不會有生意上門的啦。與其留在這邊聊天或在車上睡午覺，我們不如去看泰山和豹子、鱷魚、大猩猩對打。你知道是誰主演嗎？是法蘭克・馬林（Frank Merrill）耶！」

「你這個小惡魔，什麼都有你說的。」他還是猶豫不決。

「好，我們去吧。」

所以我們就到電影院去了，但是售票小姐說，上面有嚴格的命令，一年之內不准我進去。

「那是以前的事了。現在他已經學乖了，我可以替他擔保。」

售票小姐看著我，我對她微笑。我親了親自己的手指，送給她一個飛吻。

「注意了，澤澤，如果你不乖，我可是會丟掉飯碗的！」

我本來不想告訴米奇歐看電影的事——但憋不了多久還是說出來了。

7 為國王獻上一朵小白花

希西莉亞・潘恩小姐問有沒有人願意到黑板上寫下自己造的句子，只有我舉起手來。

「你要來試試看嗎，澤澤？」

我離開座位走到黑板前面的時候，很驕傲地聽到她對我的讚美：「看到了嗎？是全班最小的男生呢。」

我連黑板的一半高都搆不著。我拿起粉筆，小心翼翼地一個字一個字寫下：

只要再過幾天就放假了。

我看著她，想知道有沒有寫錯的地方。她愉快地對我笑著。空花瓶端坐在桌上，裡面插著一朵想像的玫瑰花。

我回到座位，對自己寫的句子感到很高興；高興假期馬上就要開始了，我可以和葡仔開車到處逛。

其他人也跟著到黑板前造句，但只有我是第一個嘗試的英雄。

這時，有個遲到的男生傑若尼莫慌慌張張地進教室，在我的正後方發出很大的聲音把書放下，然後對隔壁的人說了些話。我沒注意聽，因為我想好好用功；但是他們的談話裡有個字眼吸引了我的注意，他們在談曼哥拉迪巴號。

「撞到車子啦？」

「就是麥紐・瓦拉達赫那輛漂亮的大車。」

「你們在說什麼？」我轉過身，一臉困惑。

「曼哥拉迪巴號撞到葡萄牙人的車子了，就在奇他街的十字路口，所以我才會遲到。火車把汽車壓得很扁，那裡擠滿了人，消防隊已經過去了。」

我冒出一身冷汗，眼前開始發黑。傑若尼莫繼續回答隔壁男生的問題。

「我想他一定已經死了，但是他們不准小孩子靠近。」

我毫無意識地站起來，有一股想吐的衝動，冷汗濕透全身。我走向門口，甚至看不見希西莉亞・潘恩小姐的臉。她來到我面前，被我蒼白的臉色給嚇壞了。

「怎麼啦，澤澤？」

我沒辦法回答。我的眼中開始盈滿淚水，然後一股強烈的狂亂攫住了我——我開始瘋狂地奔跑，完全忘了學校的事，只是不停地跑。我跑到街上，腦中一片空白，我只想跑，跑去那兒。我的心痛得比胃還要厲害。我一口氣不停地跑過卡辛哈街，跑到糖果店；我瞄了一眼那裡的車子，想確認傑若尼莫有沒有說謊——我們的車子不在那兒。我嗚咽出聲，又開始跑，卻被拉迪勞先生強壯的手臂給攔住。

「你要去哪裡，澤澤？」

「那裡。」眼淚沾濕了我的臉。

「你不必去了。」

我像發瘋一樣用力亂蹬亂踢，但是沒辦法掙脫他的手臂。

「冷靜點，小男孩。我不會讓你過去的。」

「那，曼哥拉迪巴號撞死他了……」

「沒有，救護車已經到了，只有車子毀了而已。」

「你說謊，拉迪勞先生。」

「我為什麼要說謊？我不是老實告訴你被火車撞上了嗎？好啦，等醫院讓他見訪客的時候，我就帶你去。我保證。現在我們去喝點飲料吧。」

他拿出手帕替我擦掉滿身大汗。

「我想吐。」

我背靠著牆，他扶著我。

「好一點了嗎，澤澤？」

我點頭。

「我帶你回家吧？」

我搖了搖頭，非常緩慢地走開，心裡亂成一團。我很清楚事實真相。曼哥拉迪巴號毫不留情，是最厲害的火車。我又吐了幾次。可想而知的是，沒人理我。根本沒有其他任何人在乎我。我沒有回學校，我的心叫我到哪裡，我就往哪裡去。偶爾停下來吸吸鼻子，用制服上衣擦臉。我再也見不到我的葡仔了，永遠見不到了。他消失了。我一直走，一直走。我停在他答應讓我叫他葡仔，還讓我在他車上抓蝙蝠的那條路上。我坐在樹幹上弓起身子，把臉埋在膝間。

一陣強烈的情感突如其來地湧上心頭，撕扯著我的五臟六腑。

「聖嬰祢好狠啊！我以為這一次上帝會降臨，結果祢卻這樣對我！祢為什麼不能像愛其他小孩一樣愛我？我很乖啊。我不打架，我認真做功課，我還戒掉說髒話，連『屁股』都沒說。祢為什麼還是要這樣對待我？他們說要砍掉我的甜橙樹，我只哭了一下下。但是現在……現在……」

「我要我的葡仔回來，祢一定要把葡仔還給我……」淚水源源不絕地湧出。

有個非常甜美柔和的聲音輕輕響起，一定是我坐的這棵樹在對我說話。

「別哭，小男孩。他已經上天堂了。」

天色漸漸黑了，在我已經身心俱疲，連哭或吐的力氣都沒有的時候，托托卡在愛蓮娜・維拉伯夫人家的台階上找到我。

「你是怎麼回事啊，澤澤？跟我說話啊！」我哼哼地呻吟著，托托卡摸我的額頭。

「你在發高燒耶！怎麼回事，澤澤？跟我來，我們回家吧。」

我在呻吟之中吐出：「別管我，托托卡。我再也不要回去那棟房子了。」

「你當然要回去，那是我們的家啊。」

「那裡已經沒有屬於我的東西了。全部都消失了。」

他試著扶我站起來，但是我全身軟綿綿的。他把我的手繞過他的肩頭，扶著我慢慢地走；進了家門之後，他把我放在床上。

「賈蒂拉！葛蘿莉亞！大家去哪裡了？」

他在鄰居家找到正在聊天的賈蒂拉。

「賈蒂拉，澤澤病得很厲害。」

她邊走邊發牢騷：「他一定又在演戲了。看我賞他一頓好打……」

但托托卡神情緊張地說：「不是，賈蒂拉，這一次他真的病得很重，看起來快要死了！」

已經連續三天三夜，我什麼都不想要，任高燒吞噬我。他們餵我吃的東西，我統統吐了出來。我越來越瘦，越來越瘦。我直直盯著牆壁，一個鐘頭又一個鐘頭，動也不動。

我聽到身邊的人在說話，每一個字都懂，但是不想回答。我一心只想上天堂。

葛蘿莉亞搬到我房間，晚上就睡在我旁邊，她甚至不讓他們吹熄燈籠。每個人都努力對我很好，連姥姥也來我們家住了幾天。

托托卡也過來陪我。他被我的病嚇壞了，偶爾會對我說話。「那是謊話，澤澤，相信我。我實在是太壞了。他們沒有要砍樹什麼的……」

靜默籠罩家中，彷彿死神正躡手躡腳地走過。他們不敢製造任何噪音，每個人都輕聲細語地說話，媽媽幾乎每天晚上都陪在我身邊。但我忘不了他；他宏亮的笑聲，他獨特的說話方式，連窗外的蟋蟀都在模仿他刮鬍子時「擦、擦、擦」的聲音。我無法停止想念他。

現在我才真正了解什麼是「痛苦」。痛苦不是被狠狠地打到昏厥，不是腳被玻璃割傷之後一針一線縫合。痛苦會刺傷你的整顆心，是一個到死也不能告訴任何人的祕密；這種痛苦侵蝕你的四肢和頭腦，搾乾所有力量，連在枕頭上轉頭的意志都跟著消失。

我的病況越來越糟，憔悴到只剩一把骨頭。他們請福哈博醫生來看我，他沒花多久時間就找出病因：「是震驚所造成的，很嚴重的創傷後遺症。除非他能克服這次的衝擊，否則恐怕沒辦法活下去。」

葛蘿莉亞把醫生帶到外面說：「他確實受到了重大衝擊，醫生。自從他知道有人要砍掉他的甜橙樹，就病成這樣了。」

「那你們必須讓他相信這不是真的。」

「我們已經試過各種方法，但是他不相信我們。他認為那棵小甜橙樹是個人。他是個非常特別的小男生，很敏感，很早熟。」

我全都聽到了，但還是沒有活下去的意願。我想上天堂，可惜活著的人是沒辦法上天堂的。

他們餵我吃藥，但是我不停地嘔吐。

然後不可思議的好事情發生了——街坊鄰居紛紛來看我，他們忘了我是「披著人皮的魔鬼」。「悲慘與飢餓」的老闆來了，還買瑪莉亞摩爾糖給我；尤金納太太買蛋給我吃，又為我禱告。

「你一定要好起來，澤澤。少了你和你的惡作劇，街上變得好冷清啊。」他們對我說著好話。

希西莉亞·潘恩小姐也來看我，還帶了一朵花。結果我又哭了。

她說起那天我茫茫然跑出教室時的情形。她也只知道這麼多而已。

艾瑞歐瓦多先生的出現最令我難過。我認出他的聲音，假裝睡著了。

「您在外面等他醒過來吧。」

他坐下之後，和葛蘿莉亞聊了起來。

「哎，小姐，我找了好久，把這個地方都快翻過來了，到處問他住在哪裡，」他很大聲地抽了抽鼻子。

「我的小天使不能死，不行。別讓他死啊，小姐。他說要帶歌譜回去，就是要帶給妳的，對不對？」

葛蘿莉亞說不出話來。

「別讓這個小男孩死掉，小姐。如果他有個三長兩短的，我就再也不要回到這個悲慘的地方了。」

他走進我的房間，坐在床邊，把我的手貼在他的臉上。

「澤澤，你一定會好起來，再繼續和我一起唱歌的。我最近幾乎什麼歌譜都賣不出去，每個人都在問：『嘿，艾瑞歐瓦多，你的小金絲雀上哪兒去啦？』答應我你會好起來，好嗎？」

我還有僅存的力量可以流淚。葛蘿莉亞不希望我的情緒再次起伏，所以把艾瑞歐瓦多先生帶走了。

我的情況逐漸好轉，已經能夠吞下一點食物留在胃裡面了。只有在回想起那個惡夢時，才會發燒、嘔吐，然後發抖、冒冷汗。有時候儘管我不去想，還是一直看見曼哥拉迪巴號飛馳而來把他撞得粉碎。我問聖嬰有沒有為我行那麼一點點好，讓葡仔沒有任何痛苦。

「別哭，糖糖，這些都會過去的。如果你想要，我可以把整顆芒果樹都送給你，沒有人會去動它的。」葛蘿莉亞用手撫摸我的頭。

但是我要一棵老掉牙的，連結果子都不會的芒果樹幹嘛？就算是我的甜橙樹，也會很快失去魔力，變成另一棵平凡的樹，和其他樹一樣……不過，也要他們給那棵可憐的樹足夠的時間長大才行。

為什麼有些人這麼容易就死掉了？來了一輛可惡的火車，然後他就被帶走了。

為什麼我要上天堂又是如此困難？每個人都抱住我的腿不讓我走。

葛蘿莉亞的溫柔和努力讓我終於肯開口說一點話，連爸爸晚上也不出門了。托托卡因為自責而消瘦許多，被賈蒂拉責罵。

「一個還不夠嗎，托托卡？」

「妳不知道我的感受。是我告訴他那個壞消息的。我到現在連睡覺的時候都會看到他哭泣的臉……」

「好了，你不要也跟著哭。你已經是個大男孩了，而且他會活下去的。忘了這件事，去『悲慘與飢餓』幫我買一罐濃縮牛奶回來。」

「那就給我錢，因為老闆不肯再讓爸爸賒帳了。」

虛弱的身體讓我一直昏昏沈沈的，分不清是白天或晚上。但是熱度逐漸減退，發抖和寒顫開始消失。

我睜開眼睛，在昏暗的光線中總是可以看到葛蘿莉亞，她從未離開我半步。她把搖椅搬進房間，許多時候累得在上面睡著了。

「葛蘿莉亞，現在很晚了嗎？」

「有點晚了，親愛的。」

「妳想不想打開窗戶？」

「吹風不會讓你頭疼嗎？」

「我想不會。」

光線透了進來，可以看見一小片藍天。我看著那片天空，又開始掉淚。

「怎麼啦，澤澤？這麼美麗、這麼藍的天空，是聖嬰特別為你創造的，祂今天這樣告訴我……」她不了解天空對我的意義。

她靠近我，握著我的手對我說話，想鼓舞我的精神。她的臉龐削瘦而憔悴。

「你看，澤澤，你很快就會好了。又可以去放風箏、贏好多彈珠、爬樹、騎米奇歐、唱歌，然後帶歌譜回來教我唱歌。我希望看到你和從前一樣，做這麼多美好愉快的事情。你知道這附近變得多麼消沈嗎？大家都想念你，想念你給街上帶來的歡樂……你一定要好起來，要活下去，要活很久很久。」

「妳知道嗎，葛蘿莉亞，我不想活了。如果我好了又會變成壞孩子。妳不知道，已經沒有人可以做讓我變好的力量了。」

「但是你不用變得那麼好啊。只要做個普通男生，保持你原來的樣子就好了。」

「為什麼呢，葛蘿莉亞？為了讓大家狠狠打我嗎？為了讓大家虐待我嗎？」

她用雙手捧起我的臉，毅然決然地說：「聽好了，糖糖，我向你發誓，等你好了以後，沒有人，沒有人能夠碰你一根手指頭，連上帝也不能碰你，除非他們跨過我的屍首。你願意相信我嗎？」

我發出咕噥聲表示答應。「什麼是『屍首』啊？」

葛蘿莉亞臉上長久以來第一次露出愉悅的光芒。她笑了出來，因為她知道如果我對困難的字彙有興趣，就表示我又有生存的意志了。

「屍首就是死掉的身體。但是我們現在別討論這個，現在不適合。」

我也覺得現在不適合，但是我忍不住一直想著，他已經變成一具屍首好幾天了。葛蘿莉亞繼續說話，承諾很多事，但是我現在想到的是那兩隻小鳥——藍知更鳥和金絲雀——牠們現在怎麼樣呢？也許牠們已經傷心而死，像奧蘭多・卡布洛德佛哥（Orlando Cabelo-Fogo）那隻小雀兒一樣。

也許有人打開鳥籠的門放牠們飛走了，但是這樣等於是殺了牠們一樣，因為牠們已經不知道該怎麼飛翔了。牠們會呆呆地坐在樹上，直到有男生用彈弓把牠們打下來。街上開鳥園的利可每次錢不夠，養不起鳥的時候，就會開門放鳥。然後男生們就會幹那種事，沒有一隻能夠逃過瞄準他們的彈弓……

家裡的生活步調逐漸恢復正常，開始在這裡那裡聽到各種聲響。媽媽回紡織廠上班，搖椅搬回客廳；只有葛蘿莉亞堅守崗位，在看到我起床到處走動之前，她是不會離開我的。

「喝了這碗湯吧，糖糖。賈蒂拉殺了那隻黑母雞，只為了給你做這碗雞湯。你聞聞看，好香哪。」她輕輕吹著湯匙上的滾燙雞湯。

「如果你喜歡的話，可以學我，把麵包浸在咖啡裡吃。但是吞下去的時候不要發出聲音，這樣很難看。」

「怎麼啦，糖糖？不會是因為他們殺了那隻老母雞所以你要哭了吧？她很老了，老到甚至不會生蛋了。」

「你真的很努力，終於找到我住的地方了。」

「我知道她是你們動物園裡的黑豹，不過我們可以再買一隻新的黑豹，比原來那隻更凶猛的豹子。」

「所以，小逃兵，這麼長的時間你都到哪兒去啦？」

「葛蘿莉亞，我現在不想喝。如果喝下去又會吐出來。」

「如果我晚一點再端來，你會喝嗎？」

「我保證以後會乖乖的，我不再打架，也不說髒話了，連『屁股』也不說……我想永遠和你在一起……」

他們同情地看著我，因為他們以為我又在和米奇歐說話了……

一開始窗戶上只是發出輕輕的刮擦聲，後來變成連續的敲擊。有個非常輕柔的聲音從外面傳來：「澤澤……」

我坐起身，把頭靠在窗戶的木框上。

「是誰？」

「是我。開窗吧。」

我悄悄拉開窗閂，小心不發出任何聲音，這樣才不會吵醒葛蘿莉亞。在黑暗中宛如奇蹟般出現的，是閃閃發光的米奇歐，他全身亮晶晶的。

「我可以進來嗎？」

「當然可以，但是不要發出聲音，否則她會醒過來的。」

「我保證不會吵醒她。」他輕輕跳進房間。

「看看我帶什麼給你了，牠堅持也要來看你。」

他把手臂伸到前面，我好像看到了一隻銀色的小鳥。

「我看不太清楚，米奇歐。」

「仔細看，你會嚇一大跳的。我用銀色的羽毛把牠裝飾得亮晶晶的，很美吧？」

「路西安諾！你變得好美啊！你應該永遠保持這個樣子的，我還以為你是從卡利佛（Caliph）故事裡面飛出來的獵鷹呢！」

我摸著他的頭，第一次發現他是這麼柔軟，原來蝙蝠也喜歡被溫柔地對待。

「你沒有注意到一件事喔。注意看嘛！」

他轉一圈展示自己的行頭。

「這是湯姆・米克斯的馬刺、凱梅納的帽子，兩把手槍是佛萊德・湯普遜的，和理查・塔馬奇的子彈帶和靴子。還有，艾瑞歐瓦多先生借我他的格子襯衫——你最喜歡的那件。」

「真是酷斃了，米奇歐。你是怎麼弄到這些東西的？」

「他們一聽到你生病，就把東西全都借給我了。」

「你不能一直像這樣打扮真是可惜。」

我看著米奇歐，擔心他是不是已經知道了等著他的命運。

「怎麼回事呢，小魯魯？」他在床邊坐下，眼中流露出溫和與擔心。他的臉靠近我眼前。

「但是小魯魯是你啊，米奇歐。」

「那好吧，你是小小魯魯，比小魯魯還要小。難道我不能對你親密一點，就像你對我那樣？」

「別說這種話，醫生說我不可以哭或難過。」

「我也不想看你這樣。我來是因為我很想念你，我希望看你好起來，和以前一樣快樂。生命裡的每件事都會過去，所以我來帶你去散步，我們走吧。」

「我還很虛弱呢。」

「來一點新鮮空氣對你的病情有幫助。」

於是我們從窗戶跳出去了。

「我們要去哪裡？」

「我們去大水管那裡吧。」

「但是我不想走巴洛德卡帕尼馬街，我再也不想經過那個地方。」

「那我們從阿速德街走過去。」米奇歐變成一匹飛馬，路西安諾快樂地停在我的肩膀上。

到了大水管邊，米奇歐拉我一把，讓我在大水管上站穩。遇到有洞的地方，水柱像是小噴泉似地噴湧而出，弄得我們身上濕濕的，腳底癢癢的，真是有趣。我覺得有點暈眩，但是米奇歐帶給我的快樂，讓我覺得我正在康復之中。至少我的心跳輕快了起來。

遠處突然響起一陣笛音。

「你聽到那個聲音了嗎，米奇歐？」

「是一輛火車在很遠的地方鳴笛。」

但是奇怪的聲音越來越近，越來越多的氣笛聲劃破寧靜。

「米奇歐，是他，是曼哥拉迪巴號，那個暗殺者！」恐懼吞沒了我。

輪子在鐵軌上滾動，發出駭人的巨響。

「爬到這裡來，米奇歐。快爬上來，米奇歐。」

因為戴著閃亮的靴刺，米奇歐在水管上很難站穩。

「爬上來，米奇歐，把手伸給我。他想殺了你，他想殺了你，他想把你撞扁，他想讓你粉身碎骨！」

米奇歐才爬上水管，那輛邪惡的火車一邊鳴笛噴煙，一邊從我們身邊穿過。

「暗殺者！刺客！」

火車繼續飛快沿著軌道往前奔馳，夾雜著陣陣尖聲狂笑……

「不是我的錯……不是我的錯……不是我的錯……不是我的錯……」

家裡的燈全部亮了起來，我的房間湧進許多半醒半睡的臉。

「做惡夢了，」媽媽伸手抱起我，試著用她溫暖的胸膛壓抑我的啜泣。「只是個夢，乖兒子，一個惡夢……」

葛蘿莉亞講給拉拉聽的時候，我又開始吐起來。

「他大聲尖叫『刺客』把我吵醒了，他還講到什麼殺人、撞扁、壓死……我的天啊，這一切到底什麼時候才會結束？」

沒幾天之後就結束了。我的宿命註定要活下去。有天早上葛蘿莉亞容光煥發地進來，我正坐在床上，沈思生命的苦痛。

「你看，澤澤。」她手中拿著一朵白色的小花。

「米奇歐的第一朵花。很快他就會長成一棵大甜橙樹，開始結果子喔。」

我不斷撫摸這朵小白花，我再也不會因為小事而哭泣了，即使我知道米奇歐是在用這朵花向我告別。他已經離開我的幻想世界，進入我真實的痛苦世界……

「現在來喝點麥片粥，然後在屋子裡走個幾圈，像昨天那樣。我馬上回來。」

這個時候路易國王爬上我的床。現在他們總是讓他親近我，起初他們不想讓他也跟著傷心。

「澤澤！」

「怎麼啦，我的小國王？」

事實上，他現在是唯一的國王了。其他國王，包括鑽石、紅心、梅花、黑桃的國王，都不過是圖像，被玩牌的手指給玷污。至於另外一個國王──他已經不能活著當國王了。

「澤澤，我好喜歡你喔。」

「我也喜歡你啊，我的小弟弟。」

「你今天要和我玩嗎？」

「今天我會和你玩。你想玩什麼呢？」

「我想去動物園，然後我想去歐洲。然後我還想去亞馬遜叢林和米奇歐玩。」

「如果我不太累，我們可以全部都去。」

喝完咖啡，在葛蘿莉亞愉快的眼神目送下，我們手牽手走到後院去。葛蘿莉亞靠在門上，鬆了口氣。我轉身向她揮手道再見，她的眼裡閃耀著幸福的光輝。我那奇異的早熟腦袋，猜到了閃過她心頭的話：「他又回到幻想世界了，感謝上帝！」

「澤澤……」

「嗯？」

「黑豹到哪裡去了？」

已經不再相信夢想卻還要投入其中，實在很難。我想告訴他實話。「傻瓜，從來就沒有黑豹，只不過是隻黑色的老母雞，已經煮成雞湯被我喝掉了。」

「現在只剩兩隻母獅子囉。黑豹去亞馬遜叢林度假了。」

美好的幻想還是維持得越久越好。我小的時候也相信過這些事情。

「那邊那個叢林嗎？」小國王睜大了眼睛。

「別害怕，她去了很遠很遠的地方，所以再也找不到路回來了。」

我乾澀地微笑。亞馬遜叢林不過是幾棵渾身是刺的橙樹。

「你知道嗎，路易，澤澤非常虛弱，他必須回去休息了。明天我們再來玩，麵包山纜車或你想玩什麼都可以。」

他同意了，跟著我慢慢往回走。他還太小，猜不到事情的真相。我不想靠近水溝——也就是那條亞馬遜河——我不想看到失去魔力的米奇歐。路易不會知道，那朵白色的小花就是我們的訣別。

8 倒下的與站著的樹

天色還沒黑，消息已經獲得證實，感覺好像和平的祥雲再度君臨我們家。

爸爸拉著我的手，在所有人面前把我抱到他膝上，很慢地搖著椅子，這樣我才不會頭昏。

「一切都結束了，兒子。有一天你會成為父親，你也會發現男人的生命中有某些非常困難的時刻；似乎什麼事情都不對勁，絕望永無止盡。但是現在都過去了。爸爸已經被任命為聖托艾雷修工廠的主任，你們再也不會過沒有禮物的聖誕節了。」

他頓了一下。他這一生和我一樣也很難忘記『那件事』。

「我們要搬到很遠的地方，媽媽不用再工作了，你的姊姊也是。你還留著那塊印地安人頭的金屬牌子嗎？」

我手伸進口袋找到那塊牌子。

「很好，我要再買一隻錶，把這塊牌子掛上去。有一天它會變成你的錶……」

「葡仔，你知道什麼是碳化矽嗎？」

爸爸一直說話、一直說話。

他用長滿鬍鬚的臉摩擦我的臉，讓我很不舒服，他那舊襯衫發出的氣味讓我起雞皮疙瘩。我滑下他的膝頭，走向廚房門口，坐在台階上看著院子，看著日光漸漸黯淡下來。

「這個男的對我這麼好做什麼呢？他不是我的爸爸。我的爸爸已經死了，被曼哥拉迪巴號殺死了。」我感到一陣嫌惡，卻毫無怨氣。

爸爸跟了出來，他看到我的眼中又起霧了。

「別哭，兒子。我們會有一間很大的房子，後院有一條真正的河，還有很多大樹，全都是你一個人的。你可以盪鞦韆玩。」他幾乎是跪在地上跟我說話。

他不懂，他不懂。沒有其他樹能像卡洛塔女王那麼美。

「你可以第一個選樹。」

我盯著他的腳，腳趾突出了涼鞋的鞋面。他是一棵老樹，樹根漆黑。他是一棵父親樹，但卻是一棵我幾乎不認識的樹。

「還有，他們不會這麼快砍掉你的甜橙樹。等他們要砍的時候，我們已經搬到新家，根本不會知道這件事。」

「沒關係，爸爸，沒關係……」我抱著他的膝蓋啜泣。

我仰起頭看他的臉，他的臉上也滿是眼淚。我喃喃地說：「他們已經把樹砍掉了，爸爸，一個多禮拜以前他們已經砍掉了我的甜橙樹。」

結語

好多年過去了，我親愛的麥紐・瓦拉達赫，現在我已經四十八歲了。有時候在思念之中，好像又回到了小時候，你常常送我電影明星的小照片或彈珠。是你教會了我生命的溫柔。我親愛的葡仔，今天換成我送出小照片和彈珠，因為沒有溫柔的生命並不美好。有時候，我在溫柔中感到快樂；有時候，更多時候卻非如此。

很多很多年以前，在我們的那段時光，我不知道曾經有個傻瓜王子跪在祭壇前面，含淚叩問聖像：

他們為什麼要讓小孩知道那些事呢？

事實上，我親愛的葡仔，他們很早就告訴我那些事了。

珍重再見，願上帝與你同在！

國家圖書館出版品預行編目資料

我親愛的甜橙樹／約瑟・德維斯康塞羅
(José Mauro de Vasconcelos) 著；葛窈君譯.-- 初版--
臺北市：大塊文化，2005 [民 94]
面：　公分.--(R : 06)
譯自：Meu Pé de Laranja Lima
ISBN 986-7600-89-4 (平裝)

885.7159　　93021652

LOCUS

LOCUS

LOCUS

LOCUS